ブレヒトと音楽 1

ブレヒト
詩とソング

市川 明 編

花伝社

目次

まえがき

二〇〇六年の夏はベルリンにいた。ブレヒトの没後五〇年を記念するブレヒト祭に参加するためだ。ブレヒトが創設したベルリーナー・アンサンブルの劇場、小劇場やスタジオ、中庭を会場に、八月一二日から九月三日まで、七〇余りの催しが行われた。メインは演劇上演だが、詩の朗読会や討論会、ブレヒト研究書のブックフェアなども行われた。

ブレヒトの四八の戯曲と五〇の戯曲断片はシェイクスピアの三七を上回り、三つの長編小説と二百あまりの短編、二千三百の詩と歌は、カフカの散文やリルケの詩を量的に凌ぐ。後年、演出家としても活躍したブレヒトは、文学分野でのいわば最後のマルチタレントだ。そんな彼の多面性を余すところなく照射した祭典だった。

ブレヒトソングのコンサートには、ミルバやギゼラ・マイなど往年のスターだけでなく、若手の音楽家も多く登場した。ロック、ジャズ、シャンソン、カンツォーネなどブレヒトが多様に受容され、ブレヒトの詩がすでに音楽になっていることを強く印象付けた。歌だけでなく、ギゼラ・マイなどのトークから、作曲家アイスラーや女優ヘレーネ・ヴァイゲルの姿が生き生きと浮かび上がり、楽しかった。

＊　＊

二〇世紀の詩人、劇作家でブレヒトほど音楽と強いかかわりを持った人はいないだろう。音楽、特にソングのある劇、メロディのついた詩をブレヒトは何よりも望み、作曲の作業や過程にも強く介入し、自分のテクストに応える音楽を生み出してきた。若きブレヒトが行った音楽と文学の統一的な創作方法や、一九二〇年代に始まった作曲家との共同作業の実態を研究していけば、従属関係にはないテクストと音楽の相互作用・共存がブレヒトの特殊性として見えてくるはずだ。

だが従来のドイツ文学・演劇研究ではブレヒトと音楽の関係はまったくといっていいほど研究されてこなかった。音楽学の研究として、一九七〇年代にはG・ワーグナーの『ヴァイルとブレヒト』（ミュンヘン、一九七七年）が上梓されたが、中心はクルト・ヴァイルで、ブレヒトと作曲家の研究には広がっていかなかった。A・リートミュラー編集の『ブレヒトと彼の作曲家たち』（ラーバー、二〇〇〇年）もドイツ文学の研究としては注目されず、音楽学とドイツ文学研究の断絶を証明する結果となってしまった。

こうした亀裂を埋め、ブレヒトと作曲家たちの共同作業を時代順に探求し、ブレヒトと音楽のつながりの全容を提示したうえで、彼が二〇世紀の音楽・演劇文化に与えた影響を多面的に検証したいという思いが強くなった。ブレヒトの演劇理論が日本の新劇界に与えた影響力の大きさは周知のことであるが、戦後日本の現代音楽界に与えた意味も少なくないはずで、調査が必要だ。こうして文学・演劇研究者と音楽研究者のコラボレーションによる、ブレヒトの詩、戯曲におけるテクストと音楽の関係を探る研究プロジェクトが発足した。

科研費プロジェクト「ブレヒトと音楽――演劇学と音楽学の視点からの総合的研究」は、ドイツ文学・演劇を専門とする市川明が研究代表者になり、音楽学者の大田美佐子が研究分担者として加わった。さらにブレヒト全集やハンドブックの編者として著名なヤン・クノップと、ハンドブックの編集協力者で音楽学者のヨアヒム・ルケージーが研究協力者として名前を連ねた。私たちが目指したのは二度のシンポジウムを開催し、「ブレヒトの詩と音楽」、「ブレヒトの演劇と音楽」の関係を明らかにすることであった。本書は「ブレヒトの詩と音楽」の共生を探る特集となっている。

皆さんから忌憚のない意見をいただき、論議を進める中で、さらなる研究の進展を願っている。

（市川　明）

I

シンガーソングライター、ブレヒト
——若き詩人とサブカルチャー——

市川　明　Akira Ichikawa

1　『三文オペラ』の『どすのメッキーのモリタート』

ブレヒト（Bertolt Brecht）没後五〇年の二〇〇六年八月、ベルリンで『三文オペラ』（*Die Dreigroschenoper*）が上演された。初演は一九二八年八月、シフバウアーダム劇場で行われたが、今回はアドミラルパラスト（旧メトロポール劇場）が会場だった。映画『メフィスト』（*Mephisto*）で主役を演じたクラウス・マリア・ブランダウアー（Klaus Maria Brandauer）の演出で、初演時のテクストでの上演が注目された。現在、一般的に使用されているのは一九三一年に『試み』に掲載されたテクストで、初演と深く結びついた初版テクスト（一九二八年）はブレヒト大全集（一九八八年）では採用されず、日本でも紹介されていない。またソングプレイ『マハゴニー』（*Mahagonny. Songspiel*）とオペラ『マハゴニー市の興亡』（*Aufstieg und Fall der Stadt Mahagonny*）の後に位置する成立時期についても、大全集では正しく記述されていない(1)。

一九二八年の初演は、直前までさまざまなハプニングがあり、やっと上演にこぎつけたというのが実情だ。劇場の柿落としに間に合わせるための、降って沸いたような仕事で、ブレヒトとクルト・ヴァイル（Kurt

Weill）は一九二八年五月二六日から六月四日までフランスのサン・シールに引きこもって集中的に仕事をした（HB 1, 198）[2]。文学に精通していたヴァイルはブレヒトのテクストにさまざまな提案・改善を行い、ブレヒトもヴァイルにさまざまな注文を出したものと思われる。劇作家と音楽家が、それぞれの作品の最初の、かつ重要な批判者であり、その場でテクストと音楽を統合するという理想的な作業形態が出来上がった。従属関係にないテクストと音楽の相互作用・共存が、バランスの取れた最高の音楽劇を生み出したといっていい。

ブレヒト作品では、詩同様、戯曲も音楽抜きには考えられない。『カラールのおかみさんの銃』（*Die Gewehre der Frau Carrar*）以外のすべての戯曲で劇中にソングが挿入されている。『バール』（*Baal*）や『夜打つ太鼓』（*Trommeln in der Nacht*）など初期の作品では、ソングは俳優が弾き語りするプレゼンテーションの域を出なかったが、一九二六年の『男は男だ』（*Mann ist Mann*）から機能転換を図り始める。劇を中断し、観客に筋を注釈したり、登場人物の行動に批判を差し挟ませる、詩的なメタテクストとして働くようになるのである。『三文オペラ』ではソングは異化的、パロディ的機能を明らかに有している。ソングはブレヒトの提唱する叙事詩的演劇に不可欠な要素となった。ブレヒト自身も次のように述べている。

一九二八年の『三文オペラ』の上演は、叙事詩的演劇のもっとも成功したデモンストレーションだった。この上演ではじめて、舞台音楽が新しい観点から使われるようになった。この改新のいちばん目に付く点は、音楽的表現がそのほかの表現と厳密に分離されていることだった。それは小編成のオーケストラが舞台上に置かれていることで、外から見てもすぐわかった。ソングを歌うときには照明が変わり、後ろのスクリーンに例えば『人間の努力の足りなさの歌』（*Lied von der Unzulänglichkeit menschlichen*

Strebens）とか、「短い歌でポリー・ピーチャム嬢は、盗賊メッキーと結婚した理由を両親に説明する」とかいう風に、それぞれのナンバーのタイトルが出て、俳優たちもそのたびに位置を変えた。［…］バラード的な要素が支配する音楽は、省察的・道徳的な性質を帯びていた。（GBA 22, 156）

「ヴィヨンの剽窃」（ケル Alfred Kerr）、「愛人、E・ハウプトマンの作品」（フュージ John Fuegi）など初演時から近年にいたるまで『三文オペラ』はさまざまな著作権上の批判にさらされてきた。(3) 初演のパンフレットには「『三文オペラ』（『乞食オペラ』*The Beggar's Opera*）、作ジョン・ゲイ（John Gay）、ヴィヨン（François Villon）とキプリング（Rudyard Joseph Kipling）のバラードを挿入（初版では削除）、翻訳エリーザベト・ハウプトマン（Elisabeth Hauptmann）、改作ブレヒト、音楽ヴァイル［…］」とあり、ブレヒトの名前は控え目に後方に記されている。このことはすでに複雑な創作過程を物語っている。ブレヒトがゲイの作品の社会批判的な要素を取り込み、ブルジョア社会に批判の矛先を向けたことは明らかだ。だが同時にこの上演が、感情過多なヘンデルオペラに対する『乞食オペラ』の挑戦を受け継ぐものであり、バラードやモリタートを取り入れることによって対抗文化《カウンターカルチャー》を形成していることも忘れてはいけない。

パプスト（G.W.Pabst）監督の三一年の映画では、冒頭でエルンスト・ブッシュ（Ernst Busch）演じる大道歌手が小さな台（ベンケル）に乗り、『どすのメッキーのモリタート』（*Die Moritat von Mackie Messer*）を歌う。ブレヒトが生まれ、育ったアウクスブルクでは、毎年二度、春と晩夏に、プレラーと呼ばれる年の市が開かれた。「ドンちゃん騒ぎ」を連想させるプレラーは、若いブレヒトにとって大きな文化的イベントだった。彼は見世物小屋の舞台裏に出没し、多くの芸人とも知り合いになった。特に彼を引きつけたのはベンケルゼンガーと呼ばれる大道歌手だった。細い柱に掛けられた大きな絵の一コマ一コマを棒で指

映画『三文オペラ』のエルンスト・ブッシュ。1931 年

し示しながら、戦争、災害、犯罪などのニュースをバラードに仕立て、手回しオルガン（Drehorgel）の伴奏にのり、聴衆に歌いかける。

ベンケルザングは絵画と文学と音楽が一体となった大衆的な総合芸術と言えよう。ベンケルゼンガーは物語の内容を印刷したビラやパンフレットを売って生計を立てていた。なかでも好まれたのは殺しを扱った歌でモリタートと呼ばれた。モルトタート（殺人）から来た言葉で、残酷な殺しの場面を生々しく写し出し、聴衆を興奮の渦に巻き込んだ。

ベンケルザングはドイツでは一五世紀ごろに誕生した、いわば新聞の前身である。一六、一七世紀は文字の読めない人も多く、「新しい新聞」の対象は庶民であった。一九世紀に入り、情報価値が下がり、娯楽価値が増すとベンケルザングは徐々にパフォーマンスを前面に出すものに変わっていく。「新聞」歌手と違って新しいベンケルザングでは冊子を売るのは二次的な意味しかない。活動の中心は絵をもとに物語を語ることにあり、歌が物語を総括する。語り手（歌い手）は物語の登場人物になって泣いたり、笑ったりすることはあっても、語り手であることを忘れはしない。登場人物の行動に批判を加え、最後は教訓を導き出すのである。ここにブレヒトは後に提唱する叙事詩的演劇の原型を見ていた。

楽器も一九世紀になって初めてDrehorgelが登場する。Leierkastenとも呼ばれる手回しオルガンの単調な音楽に合わせて歌われるぞっとするような物語。レパートリーには『海賊の花嫁』『母の愛の狂気』『ハインリヒ・ティーレの残酷な殺人とその処刑』などがあり、もちろん庶民の娘の悲劇である『美しい森番の娘』なども人気があった。ブレヒトはアウクスブルクの縁日に足しげく通い、ベンケルザングに耳を傾けたに違いない。ブレヒトは不思議なことにエッセイや論評ではアウクスブルクのベンケルゼンガーについて言及していないが、自分でベンケルザングを作り（作詞・作曲）、『ガリレイの生涯』（*Leben des Galilei*）や『イングランドのエドワードII世の生涯』(*Leben Eduarts des Zweiten von England*) ではベンケルゼンガーを登場させている。

祭りの呼び物であるモリタート歌手の口上は次のようなものだった。

Menschen, höret die Geschichte,　皆さん話を 聞いとくれ
Die erst kürzlich ist geschehen,　最近起きた 出来事さ
Die ich treulich euch berichte,　そっくりそのまま 話すから
Laßt uns daran ein Beispiel nehm'.　しっかり肝に 銘じろよ。

『どすのメッキーのモリタート』は即興で作られたものである。主演の二枚目俳優ハラルト・パウルゼン (Harald Paulsen) が自分の見せ場を作るためにもう一曲作ってくれと要求したからだ。二人の音楽学者ヘネンベルク (Fritz Hennenberg) とデュームリング (Albrecht Dümling) は同じような指摘をしている。「ブレヒトはモリタートのこうした口上を韻律的にまね、メロディのモデルをクルト・ヴァイルに提示したのではないか」(Hennenberg: 389)、「モリタートに若いころから魅せられたブレヒトから、この歌の決定的なアイディアが出されたのではないか」(Dümling: 185)。寅さんを演じた渥美清がおぼろげに覚えていた縁日の口上を監督の山田洋次に語ってみせ、それを監督が採用したように、ブレヒトの体内にあるサブカルチャーが自然な形でヒットソングに結実したとも考えられる。

『どすのメッキーのモリタート』の1番を見てみよう。4行で1連をなし、簡潔な形式をなしている。音符の長短で表すと次のようになる。

Die Moritat vom Mackie Messer

Kurt Weill

『どすのメッキーのモリタート』楽譜

Und der Haifisch,（休止）der hat Zähne
Und die trägt er（休止）im Gesicht
Und Macheath, der（休止）hat ein Messer
Doch das Messer（休止）sieht man nicht.

先の口上との類似点は明らかである。そこでも höret, kürzlich, treulich, daran の後に休止が置かれ、1行は休止をはさんで4シラブルの対照形になっていると思われるからだ。口上なので七五調で訳したが、音符に乗るように歌詞をつけると、1行目はそれぞれ次のようになる。

Men- schen, hö- ret （休） die Ge- schich- te
みん な はな しを 聞い て おく れ（ー）

Und der Hai- fisch, （休） der hat Zäh- ne
こい つぁ さめ だぜ すげ え 歯（ー）を（ー）

シンガーソングライター、ブレヒトの作曲の基本形は、このモリタートにある。初期の詩集の多くが、1

連4行をユニットとする民謡調の詩節で、規則的なリズムを持ち、韻を踏んでいる。4シラブルで休止し、続けて4シラブルが来る、すなわち「ター・タ・タン・タン（休）ター・タ・タン・タン」となり、最後の韻が強調される。ブレヒトは歌うために詩を書き、それに曲をつけた。彼にはよく慣れ親しんだメロディが先にあり、曲に詩をつけたとも言える。楽譜はなくなったものが多いが、ほとんどの詩にメロディがあり、自ら歌ったものと思われる。彼の歌には民衆的なモリタートの伝統が脈々と流れているのだ。

映画『三文オペラ』では、まずイケ面で痩せ型のメッキーが、スーツに身を包んで登場する。ここにも盗賊の首領に対して観客が抱くイメージを破る異化がある。「泥棒はブルジョアであり、ブルジョアはそれ以上に泥棒」という作者のメッセージの出発点である。メッキーが聴衆・観客である市民にまぎれて眺めるのはモリタート歌手の出し物で、自分のことが歌われている。「鮫は歯をむき出すが、メッキーはどすを隠し持つ。［…］」歌手が過去形でメッキーの殺しの物語を歌い、絵が出来事を現在形のドラマとして浮かび上がらせる。過去形の叙事詩と現在形のドラマがクロスオーバーする叙事詩的演劇の原型が作り上げられている。絵を舞台空間に移し変え、俳優に演じさせるだけでブレヒトの求める演劇が出来上がる。語り手の語りと、演じ手の演技の後に、全体を総括するような歌が入れば完成だ。さらに重要なことは絵から抜け出た主人公が、自分のドラマを眺め、その後モリタートの観客である市民相手に絵と同じドラマを演じる。そしてそれを劇場の観客が見ることになる。幾重にも入れ子構造になった舞台がメタ平面を構成し、メタシアターを構築していく。ソングは叙事詩的演劇に欠かせない。

二〇〇二年に発売されたCD『どすのメッキー』（*Mackie Messer/Mack The Knife*）では一九三〇年から現代までの二一人の歌手が競演している。ロック、ジャズ、シャンソン、カンツォーネなど多様で、『どすのメッキーのモリタート』がそれぞれの国の国民文化として定着している様子がうかがわれる。まず登場するのはクルト・ゲロン（Kurt Gerron）。メッキーを演じたパウルゼンの声があまりに甘すぎて曲に合わないため、棚ぼたでもらった歌だ。続いてブレヒト、さらにクルト・ヴァイルの妻、ロッテ・レニア（Lotte Lenya）、ジャズの王様、ルイ・アームストロング（Louis Armstrong）やポピュラー界の大御所、フランク・シナトラ（Frank Sinatra）も登場してくる。イギリスのロッカー、スティングは『人間の努力の足りなさの歌』を挟み込んでアレンジを加え、「スティング」（刺激）してくれる。ブレヒトは奇しくもこの二曲を収録しているが、ほかに聞くことのできるのは『子牛の行進』（*Der Kälbermarsch*）だけである。ブレヒトは上手な歌い手ではないかもしれないが、彼の声から発散されるパトスが不思議な魅力を放っている。しわがれ声の巻き舌で歌うその歌声は、いつまでも耳元から離れない。

2　若き詩人ブレヒトと音楽

ベルトルト・ブレヒトは一八九八年二月一〇日、アウクスブルクの製紙工場の支配人の息子として生まれ、裕福な家庭に育った。一九〇〇年にブレヒト一家は、ブライヒ通り二番地にある「ゲオルク＝エリーゼ・ハインドル財団」の二階建て四棟のひとつに移り住んだ。ブレヒトの父親が勤めるハインドル製紙工場は、一五二〇年来、アウクスブルクの有名な文化住宅であるフッガー家のフッゲライに影響を受け、元の従業員や障害者、年金生活者などに低家賃で住居を提供していた。一九〇〇年に父親のベルトルト・フリードリヒ・ブレヒト（Berthold Friedrich Brecht）はこの財団の管理人に任命されている。弱者（貧しい人たち）のための住宅にあって、ブレヒト家は特権的な地位を与えられていた。プロレタリア的、小市民的な環境の中で、ブレヒト家はブルジョア社会のいわば「浮島」を形成していた。ブレヒトは幼年時代、青年時代に社会的な格差や対立を身を持って体験したに違いない。

「コロニー」と呼ばれたハインドル製紙工場住宅は、「クラウケ郊外」――「郊外」(die Vorstadt) は「下町」と同義――の一角にあった。ヨハン・ゴットリープ・クラウケ (Johann Gottlieb Klaucke) が一八〇五年にプロテスタントの孤児院をいくつか作ったのがこの住居区のはじまりである。「クラウケ」は市の堀からそう遠くないところに位置し、しかも古い都市貴族の町の境界の外にあった。市の中心部にはブルジョア、郊外には労働者と住み分けが行われ、庶民の住宅と工場、農業が郊外の下町を形成していた。ブレヒトが育った地域の通称「ブライヒ」(Die Bleich: bleich は「青白い」) は、亜麻布の織り工がレヒ川で布を洗い、染色した布を芝生で干したのが由来である。そこには農村の自然さ、荒々しさとアスファルトの町の殺風景さが入り混じっていた。詩『哀れなBB』(*Vom armen B.B.*) や戯曲『都会のジャングル』(*Im Dickicht der Städte*) にはこうした風景が映し出されている。

二〇世紀初頭のドイツ帝国における家庭内での音楽環境、音楽教育という点でブレヒト家は明らかにほかのブルジョア家庭とは違っていた。ブレヒトの父親はとても音楽好きだった。彼は合唱団リーダー・ターフェルの団員で、後には団の役員も務めている。家庭内でも時々父親のバスの歌声が聞かれたという。家にはピアノが置かれ、家族で音楽会を開くこともあった。父親は二人の息子にヴァイオリンとピアノを習わせたが、弟のヴァルター (Walter Brecht) と対照的に、ブレヒトは練習嫌いであまり進歩せず、やめてしまった (Walter Brecht: 40)。和声学や対位法については短期間で独学したようである。

母親や女中に学校の送り迎えをしてもらう病弱な支配人の息子を、人々は軽蔑と、時には羨望のまなざしで見ていた。友だちと遊ぶとき彼はいつも主役だった。兵隊ごっこではナポレオンやフリードリヒ大王で、ほかの子は鉛の兵隊。人形芝居では演出家になった。ブレヒトは友だちの間ではいつも誰かに命令するよう

ブレヒトの家族。ブレヒトと弟のヴァルター（右）。1908 年

な口調で話をした。ほかの子は命令されること、かしずくことになれていた。指揮者にあこがれたらしく自分の部屋の譜面台には指揮棒と『トリスタンとイゾルデ』(*Tristan und Isolde*)のスコアが載せられていたという。自分が主導しなければ収まらない支配者的な雰囲気がブレヒトにはあった。集団創作の際の原型のようなものが幼時に形成されていたのかもしれない。だが実科学校の最後の数年に、ベルトルト・オイギンは今までの役割に疑問を感じ、ブルジョア社会に反旗を翻して、名前もベルトルト・オイギン・ブレヒトからベルト・ブレヒトと改めている。

「民衆の心はまだ見極められない」(GBA 28, 15)。一九一四年、ブレヒトは友人カスパー・ネーアー(Caspar Neher)あての手紙でこう書いた。ブレヒトはブルジョア社会の対極にある郊外の下町に接近し、そこに次第に真の人生を見出すようになる。庶民の歌、民謡、ブライヒのプロレタリア的な詩を彼は幼年時代に聞いた。読むだけでなく、庶民特有のイントネーションで歌われ、語られたものをブレヒトは、自身の中で文化が形成される時期に摂取した。こうした体験は『肝っ玉おっ母とその子どもたち』(*Mutter Courage und ihre Kinder*)の子守唄『アイア・ポパイア』(*Eia popeia.* GBA 6, 84f.)などに生かされている。

ブレヒトはメモ魔で、民衆の言葉や語り口を書きためていった。彼にとってはブライヒの日常の世界が重要で、歌や読み物だけでなく、周囲の人の語り口を探った。ブライヒ通りに砂売りや牛乳売りが現れ、売り声を上げるとついて回って一緒に声を出したという。若きブレヒトは民衆のおしゃべりにも耳を傾ける。職人、商人、牧童などの表現、言い回しがブレヒトをひきつけた。幼児期から、「印刷された言葉より、語られ、歌われた言葉が彼の創作の本質的な出発点になっていた」(Dümling: 58)。製紙工場の支配人の息子は紙の上のテクストだけでは満足しなかった。

『船乗りの運命』も若きブレヒトが名もない演歌師が通りで歌うのを聞き、書き留めたものである。

Als nun die stürmische Nacht vorbei
ruht, ach so tief, das Schiff.
Nur die Delphine und gierige Hai'
sind um das einsame Riff.

嵐の夜が明けると
ああ、海中深く船は憩う。
ただデルフィーネと飢えた鮫が
さびしい岩礁の周りにいる。

「嵐の中の船の沈没」というモチーフはブレヒトが好んだもので、オペラ『さまよえるオランダ人』(Der fliegende Holländer) に感動したブレヒトは、『マハゴニー市の興亡』でもこのモチーフを用いている。一六場でジェニーとパウルが歌う「夜は嵐で海も荒れ／船は揺れて夜も沈む」„Stürmisch die Nacht und hoch geht die See. / Das Schiff, es schlingert, die Nacht sinkt weit" (GBA 2, 371) は、先の演歌から借用したものだろう。

ブレヒトはプレラーの雰囲気を好み、一九一八年以来プレラーをいわば第二の故郷と考えていた。ミュンステラー (Hanns Otto Münsterer) への手紙でブレヒトは書いている。

プレラーにやってきた。へとへとになるほど船形ブランコをゆすり続けた。夏がこんなにも素晴らしい天気だと仕事もあまりできない。何をしているの？ 僕はアイスクリームを食べ、ギターを弾いて、僕の「死刑判決」が下りるのを待ち、プレラーでブランコをゆすっている。ときには未来の演劇のために新作を作る。船形ブランコの太った男。(GBA 28, 66)

青年ブレヒト。1918年

徴兵による入営命令はブレヒトにとって「死刑判決」であった。いっぱいにゆすった船形ブランコから広がる青空はブレヒトに悩みを忘れさせ、ブランコ遊びは「最高のスポーツのひとつ」(GBA 26, 138)になった。ほとんど毎日、彼は年の市の立つ広場にいた。知り合った見世物師たちは偏見も遠慮もない人種だった。因習的な制約にとらわれず人生を送る人たちの世界は、ブレヒトに多くのものを与えた。見世物小屋、飛行機回転木馬、蛇を持った女や綱渡り師のいるサーカス、蝋人形館などからなるプレラーでは音楽が重要な役割を果たしていた。「音楽は決してやまなかった。[…] 時間はあっという間に過ぎるが、音楽は過ぎ去ることはない」(GBA 11, 18)。詩『船形ブランコのこと』(*Vom Schiffschaukeln*)でブレヒトはこう表現した。ブレヒトの体内に染み込んだプレラーの音楽は、詩人の創作に大きな影響を与えている。

プレラーの楽器、Drehorgel と Orchestrion は彼の作品で再三登場する。ブレヒトは手回しオルガン(Drehorgel)を持った傷痍軍人の物乞いとも知り合いだったのかもしれない。『夜打つ太鼓』では、バーリケが戦争帰還兵のクラーグラーに問う。「あんたは路上で寝てるのかい。祖国はあんたの手に手回しオルガンを握らせてはくれないのかい?」手回しオルガンは物乞いの楽器として、『三文小説』(*Dreigroschenroman*)のピーチャムの店に出てくる。

> 壁には楽器がいくつか掛けられている。古い、でこぼこのトランペット、弦のないヴァイオリン、掻き傷だらけになった手回しオルガンが二、三。店は流行っていないようだ。楽器にはほこりが厚く積もっている。(GBA 16, 14f.)

友人、ミュンステラーは次のように回想している。「ヤコブ市外区の近くの防塁の下に、恐ろしく古い居酒屋があってOrchestrionが置かれていた。十ペニヒの硬貨を投げ入れると、センチメンタルな音楽の調べに合わせて、風景の書かれた横断幕に照明があたる。滝が落ち、いたるところ雲がゆっくり流れる」(Münsterer: 100)。お金を入れると自動的にオルガンやピアノの曲が流れ出すOrchestrion（オーケストリオン）にブレヒトは大きな興味を覚えたに違いない。劇作中の居酒屋には必ずといっていいほどOrchestrionが置かれている。『夜打つ太鼓』4幕の飲み屋の場面、『都会のジャングル』9場の刑務所の前のバーの場面など。『都会のジャングル』では、「毛虫」と呼ばれる男がモリタート風に、とある男の物語を語って聞かせるとき、伴奏音楽にOrchestrionを使っている。退場するときも小銭を投げ入れて、グノーの『アヴェ・マリア』をかける。『シュヴェイク』(Schweyk)の飲み屋「さかずき亭」にもOrchestrionが欠かせない。Orchestrionはブレヒトの劇作に重要な彩を添えている。

ギムナジウムで文芸同人誌『収穫』(*Die Ernte*)を発行し始めたころ、ブレヒトはすでに演劇評論家か音楽評論家を目指しており、目標はベルリンの有名な劇評家アルフレート・ケルだった。ケルはのちにブレヒト批判の急先鋒になったことを思えば皮肉だが。ブレヒトは自分の詩の影響力を高めるために、詩を音楽と結びつけ、自身の、あるいは既成のメロディを用いて、ギターで伴奏し、歌うようになっていく。「一九一六年以降、彼は非常に生産的なシンガーソングライターで、一九二四年までに八〇の歌や楽譜の草稿を残している。ブレヒトは彼の初期の詩すべてにいつかは一度、音楽をつけていると言っても過言でない」(Lucchesi/Shull: 14)。ブレヒトが作曲した初期の歌には『はげたかの木の歌』(*Das Lied vom Geierbaum*)、『苦情の歌』(*Das Beschwerdelied*)、『幻滅した人たちの空』(*Der Himmel der Enttäuschten*)などがあり、草稿の裏に楽譜が走り書きされている。『幻滅した人たちの空』は各連が4行からなり、トロカイオス（強弱格）で書かれ、韻を踏む定型詩だが、アウクスブルクの居酒屋のOrchestrionに刺激を受けて、作曲したという

(Münsterer: 100f.)。

一九一八年ごろにはよく歌われる歌のレパートリーが形成されていた。ブレヒトは即興で歌にメロディをつけた。その仕事ぶりを友人は次のように証言する。

それはあっという間に行われた。ブレヒトがやったのは見慣れない、規則に反したやり方だった。彼は薄く5線を引いて、それから普通のおたまじゃくしの代わりに、小さな×印をつけ、その側に下に線を伸ばした。ブレヒトは簡潔な形式で彼の詩行にメロディをつけた。ブレヒトはもちろん楽譜も読めたし、書くこともできた。×で記すほうが、楽譜は早く書くことができたからだ。(Frisch/Obermeier: 134)

ブレヒトの歌のメロディや楽譜は他の人が歌ったり、出版したりするために書かれたものではない。彼の楽譜は速記であり、ブレヒト自身が歌うときに、さまざまな曲想を思い出す助けとなるものだった。だがそれはあとから再現するのに困難を伴う。というのはブレヒトの型破りな表記法(記譜法)では、音の高低が優先され、リズムや拍節には重きを置いていないからだ。確かに音の高さは5線のなかで短い斜めの、コンマのような線か、×で記されている。その際、短い斜線は短音、×は長音を表す。だがしばしばおたまじゃくしの首の部分や、構成をあらわす小節線は欠けている。ブレヒトは彼の歌の正確なリズムや拍節を詩行の韻律で調節している。なぜなら時々テクストの行の終わりを小節線のような休止で表しているからだ。

ブレヒトの歌は「しわがれ声で、歌詞をぷつぷつと切り、時にはベンケルザング風に粗野で、アウクスブルクの言葉の響きがはっきりと表れていた。時には美しいまでに感情のバイブレーションを排した静かな表現で、すべてのシラブル、すべての半音がとても明瞭に歌われていた」(Zuckmayer: 317)。ブレヒトの

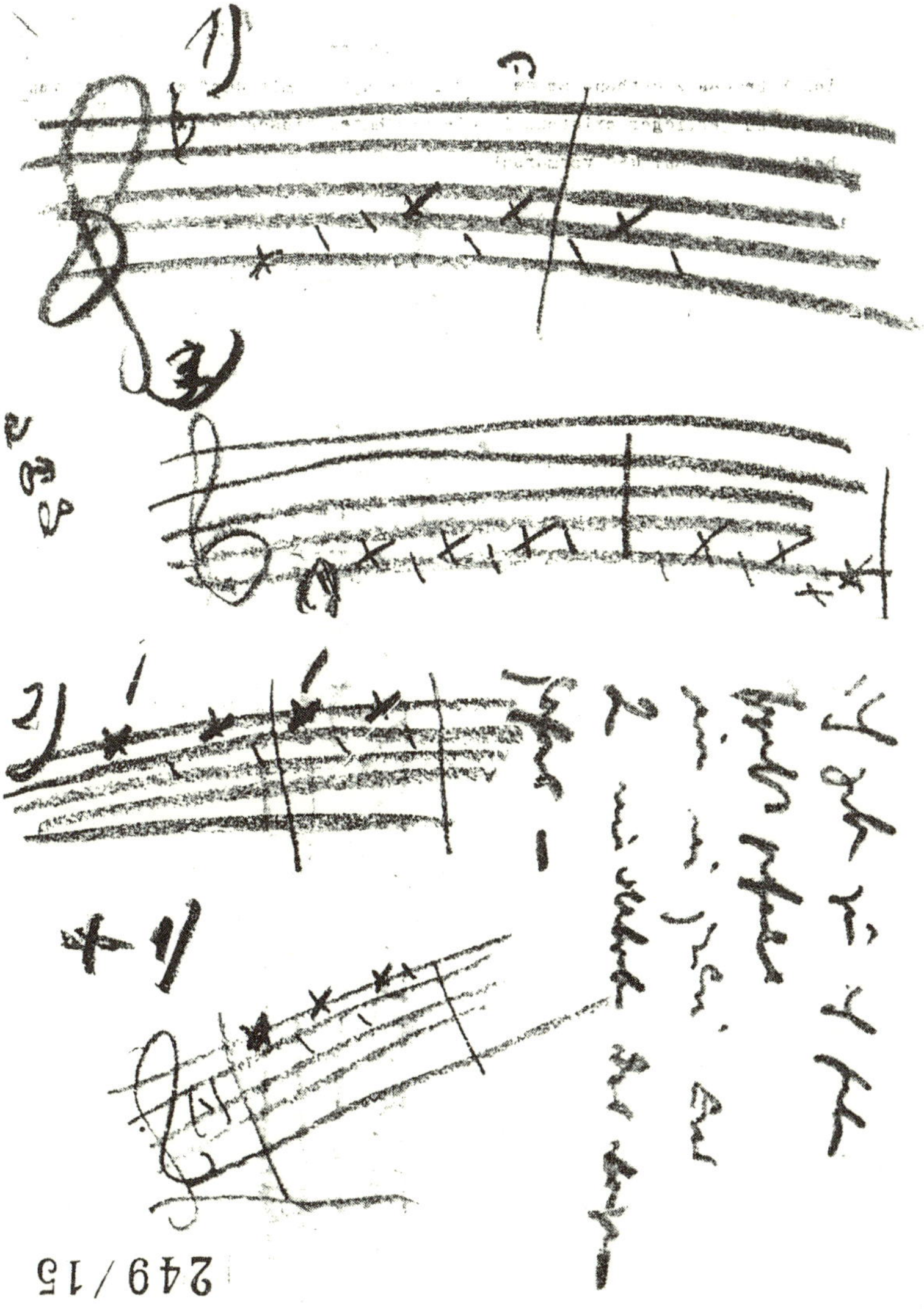

ブレヒトの手書きの楽譜（提供＝ブレヒト文書館 BBA）

歌の作曲は、歌曲集の出版を想定して、おそらく速度を増したものと思われる。最初の歌曲集は『ベルト・ブレヒトと彼の友だちによるギター用歌曲集。一九一八年』(*Lieder zur Klampfe von Bert Brecht und seinen Freunden. 1918*) と名づけられ、八つの歌と、ブレヒトがメモ帳に書き残した歌詞のない二つの楽譜草稿からなる。このアンソロジーのタイトルからして、集団的な創作方法、グループの創造態度が示されている。友人の集まりの中で、アイディアを出し合ってテクストに手を入れたり、即興で作られたメロディを検討したりするのは当然のことだった。このアンソロジー中の2曲は共同創作であることが明白に示されている。『バールの歌』(*Baals Lied*) の成立メモにブレヒトは、状況を簡潔に示している。「ルート(ルートヴィヒ・プレステル Ludwig Prestel) と一緒に、一九一八年七月七日、レヒ河畔で」(GBA 11, 291)

こうした「創作(作詞・作曲)プロジェクト」を進めるには、それを支える優秀なスタッフが必要なはずだ。ブレヒトの友人たちが、文学的、音楽的観点からいかに生産的であったかは、さまざまな資料が伝えている。「パンツェルト (Georg Pfanzelt) は非常に音楽的だった。[…] 彼は即興でブレヒトとともに作曲した。歌いながら、ギターでメロディをつけながら、ブレヒトのテクストを」(Frisch/Obermeier: 101)。「ブレヒトはわれわれに、特にルートには再三再四、バールの詩節を呼んで聞かせた。時にはルートがギターで彼の伴奏をした」(Frisch/Obermeier: 133) などなど。ブレヒトにオルゲと名づけられたパンツェルトは、ブレヒトより四歳年上で、ピアノはもちろん、オルガン、ヴァイオリン、チェロ、マンドリン、ギターが弾けた。ルートと呼ばれたプレステルはピアノの名手で、ブレヒトにバッハやベートーベン、ショパンをよく弾いて聞かせた。彼もギター、ハープ、フルート、オルガンができた。ブレヒトの弟ヴァルターも音楽的な才能に恵まれ、プロジェクトチームの重要なメンバーだった。彼はブレヒトのテクストにしばしばメロディをつけ、それをブレヒトは取り入れた。ブレヒトがメロディを提供し、ヴァルターが和音をつけてギターであわせることも珍しくなかった。

集団創作の場は同時に「演奏会場」でもあった。ブレヒトはできたばかりの歌をみんなに歌って聞かせ、友だちもこれに唱和した。彼らにとって重要な「演奏会場」は三つあった。まずは「狼の洞穴」とブレヒトが呼んだ自分の屋根裏部屋。弟のヴァルターによれば「屋根裏部屋はアトリエ風に調度された居間と、細長い寝室からなり、二室ともブライヒ通りに面していた」(Walter Brecht: 261)。この部屋にみんなが出入りし、青春を詩にし、歌にしたのである。その意味でブレヒトの抒情詩は Gebrauchslyrik (実用詩)、Gelegenheitslyrik(即成詩)と言っていいだろう。二つ目は野外会場のレヒ河畔。ここでは青春のエネルギーを発散させることができた。ミュンステラーは、夜に市の防壁によじのぼり、ブレヒトがギターで、ほかの一人がヴァイオリンで伴奏し、もう一人がランタンを振り回してみんなで歌を歌ったことを回想している。

ブレヒトの音楽創作にとって特に重要だったのはレヒ河畔の中ほどにあるビール酒場ガーブラーで、この三つ目の「演奏会場」に彼は学校の友だちと二年以上通い続けた。ここには職人、運送業者や高校生などが出入りしていた。庶民が一階の大きな酒場にいたのに対して、ブレヒトの仲間やほかの高校生は一段高くなった隣の小さな部屋に陣取った。ブレヒトが来るのはたいてい年下の高校生が親のところに帰らねばならない夜になってからだった。高校生が夜に酒場にたむろするのを先生は快く思わなかった。夜遅く酒場から出てくるのを担任に見咎められたブレヒトは、「おじさんにギターを聞かせに行った帰りに、トイレを貸してもらっただけだ」と嘘を言った (Münsterer: 57f.)。

ガーブラーの居酒屋はブレヒト一味の夜のたまり場だった。詩が朗読され、交換され、そこですぐにメロディが考えられた。たいていの詩はブレヒトが書いたものだが、彼が当時、芸術的な創作をグループ作業と理解していたことは明らかだ。集団創作の原点とも言うべきものがここに見られる。ブレヒトの愛人代作説が一時マスコミをにぎわせたが、こうしたゴーストライター説からはブレヒトが取った近代的な集団創作のスタイルが見えてこない。上演（演奏）というパフォーマンスに向けて「スタッフ」の様々な意見を束ね、一つの作品にまとめ上げる役割をブレヒトは担っていた。協力者たちは出来上がった製品に「ブレヒト」というブランドマークをつけることに合意済みだった。演劇作品を創作・上演するより早く、若き詩人、ブレヒトは歌曲《リート》に集団創作の方法を取り入れていた。

ブレヒトの音楽は、外の空気に触れるものを理想としていた。アウクスブルクの下町で習得したとおり、彼はストリートミュージックに適した楽器を好んだ。ギター、トランペット、太鼓、手回しオルガンなど。『肝っ玉』でも太鼓とハーモニカ、『ジャンヌダルクの裁判』（*Der Prozeß der Jeanne d'Arc zu Rouen*）ではバグパイプが使われている。劇場やブルジョア的なコンサートホールの、遮断され、日常から隔離された空間に彼は抵抗した。作られた音楽はみんなが歌え、口移しに広められるものでなければならなかった。最下層の人間にも理解できる言葉を見つけることに、ブレヒトは骨折った。表現の簡潔さによって、彼の歌は覚えやすいものになり、日常生活と重なり合う。下町文化のなかにブレヒトはブルジョア文化がとっくに失い、放棄してしまったリアルで、社会的な特性を見出していた。

3　シンガーソングライター、ブレヒト

シンガーソングライター、ブレヒトが惹かれ、模範としたのはフランク・ヴェーデキント（Frank Wedekind）だった。一九世紀末に、パリの『黒猫』（シャノワール）で産声を上げたキャバレー（Cabaret）はドイツにも移植され、カバレット（Kabarett）と呼ばれる。一九〇一年、ヴェーデキントたちはミュンヘ

ンに『十一人の死刑執行人』（Elf Scharfrichter）を創設した。客はグラスを傾け、タバコをくゆらせながら司会者の話術や詩の朗読、シャンソンに興じる。開放された雰囲気で、客席と舞台の交流は活発だった。自由な批判精神が発露し、時の権力、市民社会の規範に鋭い風刺が向けられた。ヴェーデキントはベンケルザングの形を借りて、時代錯誤な帝政や軍国主義、教会をからかう歌を作り、ミュンヘン市内のカバレットで歌っていた。ブレヒトはヴェーデキントの歌に、単純で、非常に覚えやすいメロディを、発見していた。

「土曜日の晩、ルートヴィヒ・プレステルとレヒ河畔を散策した。僕らはちょうどギターを持っていたので、堤防で僕はフランク・ヴェーデキントの歌をいくつか歌った」（GBA 28, 45）。一九一八年三月、ブレヒトはネーアーにこう書き、その翌朝、ヴェーデキントの訃報に接し、葬儀に参列したと告げている。ブレヒトの日記や手紙に現れるヴェーデキントは歌手であり、ブレヒトは歌として彼の作品を受容していた。ブレヒトはヴェーデキントがそっけない声で、幾分単調に、とても素人っぽくギターで歌うのを聞いた。ヴェーデキントのベンケルリートは民衆祭のモリタート歌手の歌同様、ブレヒトを惹きつけた。「ヴェーデキントほど心にしみ、感動させた歌手はいなかった」（GBA 21, 35）とブレヒトは述べ、追悼の詩『ヴェーデキントの埋葬に寄せて』（*Zu Wedekinds Begäbnis.* GBA 13, 115）を書いている。韻を踏んだ4行の定型詩で、ブレヒトは簡単なメロディをつけてギターで歌い、「香具師《やし》」を追悼したものと思われる。

ヴェーデキントは『ブリギッテ・B』（*Brigitte B*）や『おば殺し』（*Tantenmörder*）など、反道徳的なレパートリーで有名だった。『おば殺し』を見てみよう。

俺はおばをぶっ殺した。
おばは老いぼれで弱ってた。

おばの家に泊まったとき
箱やたんすを物色した。

俺は見つけた、金貨の山を。
札束もたんまりあった。
老いぼれおばの喘ぎが聞こえた。
情けや哀れみなど湧きはしない。

［……］

俺はおばをぶっ殺した。
おばは老いぼれで弱ってた。
だが判事の皆さんよ、あなたがたは
俺の輝ける若さがねたましいのだ。 (Wedekind: 1, 94)

ヴェーデキントは、語りつつ歌いかけ、歌いつつ語りかける。各連の最初の2行はほとんど「哀歌」といってもいいほど泣きが入り、次の2行で自分の行為に距離を置きながら、ゆっくりと観察をまとめ上げる。メロディに比して、事件を語る殺人犯の語り口はパセティックでない。金持ちのおばを殺しても罪を感じないシニカルさと残虐性が際立つ。ピーター・ゲイ（Peter Gay）はワイマール文化を「息子の反逆／父親の逆襲」

と特徴付けたが、老いぼれて弱ったおばはブルジョア社会の象徴である。最後は犯人の語り手「俺」が、正義の裁き手であるはずの裁判官に反逆する。アナーキーな叫びが、優しく甘いメロディに包み込まれ、ヴェーデキントが「ラーラララ…」と伴奏をスキャットしながら終わる。彼のパフォーマンスはヴォルフ・ビアマン（Wolf Biermann）のバラードに引き継がれていると感じた。伝統的、道徳的なベンケルザングの価値観を逆転するような歌である。

検閲と闘い続けた「悪名高い」ヴェーデキントの影響を強く受け、ブレヒトは一九一九年に『アプフェルベク、または野の百合』（*Apfelböck oder Die Lilie auf dem Felde*）を作っている。

アプフェルベク、または野の百合

1

穏やかな日差しの中、ヤーコプ・アプフェルベクは
自分の父を、母を殴り殺した
そして二人を洗濯物のたんすに押し込んで
そのまま家に残っていた。たった一人で。

2

空の下を雲が流れていき
夏の風が穏やかに家の周りを巡り

家の中に彼はじっと座っていた
七日前にはまだ子どもだったというのに

［…］

「空」や「雲」、「夏の風」など、『マリー・Aの思い出』（*Erinnerung an die Marie A.*）を思わせる詩的な表現から、毎日やって来る新聞配達の男と牛乳屋の女の報告に詩行は変化する。ＣＤで聞く限り、歌も第５連からアップテンポになっている。彼らは「何のにおいなの」、「死体のにおいがする」といぶかる。

10
みんなが彼のたんすを覗いたとき
ヤーコプ・アプフェルベクは穏やかな日差しの中に立っていた
そしてどうしてこんなことを、と尋ねられると
ヤーコプ・アプフェルベクは答えた。僕にはわからない。

11
牛乳屋の女はしかし翌日こう言った。
この子は遅かれ早かれ、いつの日か
ヤーコプ・アプフェルベクはいつの日か

I. Lektion, Kap. 2. Von Jakob Apfelböck

In mil-dem Lich-te Ja-kob Ap-fel-böck erschlug den
Va-ter und die Mut-ter sein und schloß sie beide in den Wäsche-
schrank und blieb im Hau-se üb-rig, er al-lein.
usw.

『アプフェルベク、または野の百合』楽譜

V. Lektion, Kap. 5. Legende vom toten Soldaten. D-moll

Und als der Krieg im vier-ten Lenz kei-nen
Aus-blick auf Frie-den bot, da zog der Sol-dat sei-ne
Kon-se-quenz und starb den Hel-den-tod.
usw.

『死んだ兵士の伝説』楽譜

哀れな両親のお墓参りに行くのでしょうね。　　（GBA 11, 42f.）

モリタートに特徴的な親族の殺害がここでもテーマになっている。だがこの詩で描かれているのは両親の殺害という行為ではなく、死体と暮らし続ける殺害者である息子の日常だ。実在の事件をモデルにしているが、詩では「ヨーゼフ」が「ヤーコプ」に、「射殺」が「撲殺」に変えられている。死体を洗濯物用のたんすに押し込めたのもブレヒトのフィクションである。ブレヒトの母親は一九二〇年にがんで亡くなっているが、彼の母への愛は人並み外れた強いものだった。それだけに父親が母親の看病に当たった女中のマリア・レッカーと数年にわたり懇ろな関係を結び、母親の死後、二人で家を出て行ったことをブレヒトは許さなかった。こうした状況の下で、ブレヒトは父親に対して殺意を抱き、それがこの詩となったとピエツカーは指摘する（Pietzker: 118）。もちろん「野の百合」が純潔を表すものであり、神への信頼に満ちた帰依をうたった『マタイによる福音書』（*Matthäus-Evangelium*）のパロディであることは明らかだ。

この歌にはベンケルザング風の物語的身振りがはっきりと表れている。楽譜を見てもらえばわかるように、各行の終わりにはフェルマータが付いている。詩行の最後は強くアクセントを置いて延ばすのだが、これにより韻が際立たせられる。しかも4分の3拍子で、原則からはありえないシラブルにアクセントがある。「アプ・フェル・ベク」は本来、第1音節にアクセントがあるが、「アプ・フェル・ベーク」と第3音節が強調される。-böck, sein, -schrank, -lein などが子守唄を聞くようにゆっくりと浮かび出て、独特の効果をあげている。ブレヒトは自らこの歌をカバレットで歌った。手回しオルガンの伴奏に好く合う、民衆的モリタートの伝統がここにも根付いていると言えよう。

ブレヒトは一時期オペラ歌手、マリアンネ・ツォフ（Marinanne Zoff）と結婚していた。一九二一年三月にブレヒトは彼女のためにヴェーデキントの歌『フランツィスカの夕べの歌』（*Franziskas Abendlied*）と『ターラー銀貨』（*Der Taler*）をギターで歌った（GBA 26, 183）。彼のヴェーデキントへの熱狂を伝えたかったからだ。恋人ビー（Bi = Paula Banholzer）には『盲目の少年』（*Der blinde Knabe*）を何度も歌って聞かせた。ビーはヴェーデキントの『春の目覚め』（*Frühlings Erwachen*）をすでに読んでおり、彼女には不評だったにもかかわらず（Dümling: 72）。二人の間に生まれた男の子は、ヴェーデキントにちなんでフランクと名づけられた。ブレヒトとヴェーデキントを結ぶのは詩人としてではなく、シンガーソングライターとしてのコードなのだ。

第一次世界大戦中に青年ブレヒトは反戦詩『死んだ兵士の伝説』（*Legende vom toten Soldaten*）を書いた。シンガーソングライターであったブレヒトはこれにメロディをつけてギターで歌った。

1

開戦五年目の春
平和の見通しはなく
兵隊は意を決して
英雄死を死んだ

英雄死というイメージからはおよそかけ離れた死に方だ。兵士は「平和の見通しがない」ために絶望して死んだのである。「英雄死」という言葉は機能転換され、皮肉られる。「死を死んだ」という冗語法が戦争風刺をいっそう強めている。だが埋葬された兵士は、「死ぬのは早すぎる」という皇帝の命令で掘り起こされる。

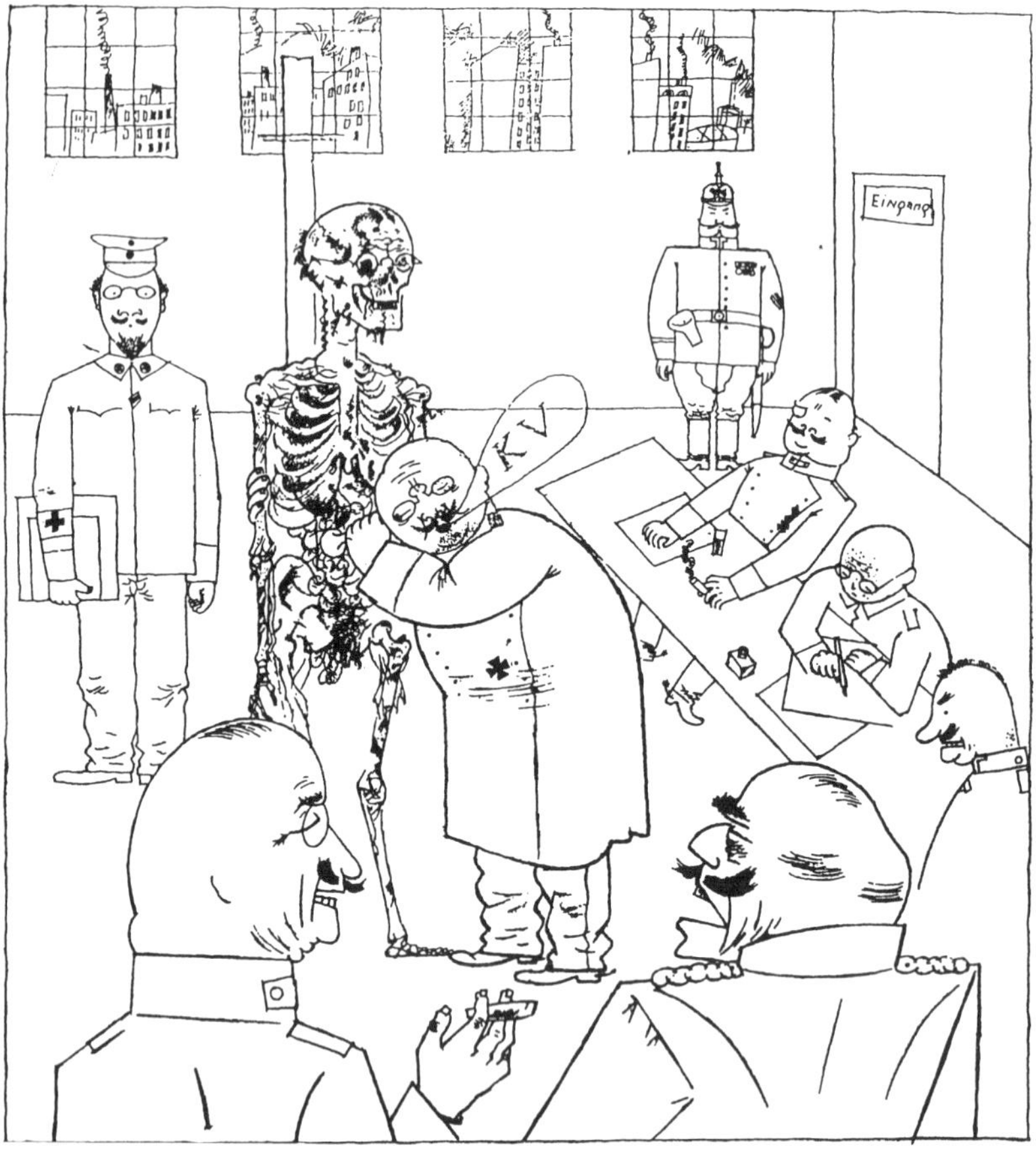

ジョージ・グロス『KV』(甲種合格)

当時「兵役にかり出すために死者も墓場から掘り起こしている」という噂が流布しており、ブレヒトはこれにヒントを得て詩を書いたのだろう。軍医からkv（戦闘能力あり）と診断された兵士は、楽隊の軽快なマーチにあわせ、腐臭を放ちながら戦場に向かう。ダダイスト、ジョージ・グロス（George Grosz）も同じころ、同じテーマのスケッチを残している。墓場から掘り起こされ、軍事医務委員会に赴いた骸骨が、そこで医師の診断を受ける。骸骨の胸に耳をあてた軍医が「KV」（戦闘能力あり＝甲種合格）と叫んでいるのが吹き出しによってわかる。

「神とともに——皇帝と祖国のために」は、ヴィルヘルムⅡ世時代の愛国主義的なスローガンであった。ブレヒトはまず「皇帝」を登場させ、続く第8連と第11連で「神」と「祖国」を揶揄する。

8

兵隊、腐臭を放つので
くさい臭いをたてぬよう
神なる香炉をふーりふり
ちんばの坊主が先に立つ

11

黒白赤の三色旗
死人のシャツに描かれし
高く掲げて進みゆけば

色まばゆくて糞も見えず

ハイネ（Heinrich Heine）の『シュレージェンの織工』（*Die schlesischen Weber*）では、蜂起した織工が、人を救済しない「神」と、金持ちの「王」、偽りの「祖国」に三種の呪いをかけて経《きょう》かたびらを織る。この直接的で真剣な詩に比べ、ブレヒトはなかば茶化しながら、戦争に風刺の矢を射かけている。グロテスクな行進が生み出す滑稽さ、笑いの中に、プロパガンダの持つ危険な意味が浮き彫りにされるのである。

詩の結びは次のようになっている。

19

星々はつねには輝かず
朝焼けはやがて来たらん
されど兵士は受けたる訓練により
英雄の死の中へ進みゆく

（GBA 11, 112-115）

「酔っぱらった猿のように」ふらふらと、「一片の雪のように」ひらひらと、兵士は死の行軍を続ける。楽隊のチンドララという音楽に合わせ、生者に抱きかかえられながら。兵士は二度戦争にかり出され、二度戦争で死ぬことになる。しかも二度目は逆らえない大きな流れの中で。皇帝を直接批判し、のちにナチスからにらまれる原因となったいわくつきの詩である（市川　一〇七～一一一、参照）。

一九二二年、(4)二四歳のブレヒトは、ある晩「騒乱舞台」に登場した。ヴァルター・メーリング（Walter

Mehring）は次のような思い出をハインツ・グロイル（Heinz Greul）に語った。

ブレヒトがやってきたのはそのころだった。私のところに『バール』の舞台用台本を持ってきて、自作の二つのバラードを見せた。『死んだ兵士の伝説』と『アプフェルベク、または野の百合』である。『アプフェルベク…』のほうは、はなはだヴェーデキント風とはいうものの私は大変強い印象を受けた。ぜひ「騒乱舞台」に出るようにと勧めた。ブレヒトはギターに合わせて歌った。どちらの歌もブレヒトが、自分で単純なメロディをつけたものだった。『死んだ兵士』のほうは何ページにも渡る長い歌だったため、彼はその歌詞を用心のためにカーテンにしっかりととめた。（グロイル　二五四）

グロイルはメーリングから聞いた話を続ける。「ブレヒトの朗唱は、抗議と喧騒のうちに終わった。当時ベルリンでかなり有名だったメーリングは、舞台に飛び上がって、こう叫んだ。『これはとんだ恥さらしだ。もちろん作者にとってじゃない。聴衆であるあんたたちにとってだ。きっとあんたたちの多くは、後になって、今日ここに居合わせたことを自慢するようになるだろう』」（グロイル　二五四―二五五）

作曲家、ハンス・アイスラー（Hanns Eisler）が二四年に最初会ったときも、ブレヒトは『死んだ兵士の伝説』（アイスラーは『死んだ兵士のバラード』と言っている）をピアノで弾き語りしていた（Notowicz: 181）。アーノルト・ブロネン（Arnolt Bronnen）は二〇年代に芸術家やボヘミアンが集うサロンでのブレヒトの出会いを次のように回想している。「誰かが歌った。誰かが小さな湿った葉巻を脇において、またに挟んだギターをやせたおなかに押し付けて、しわがれ声で歌い始めた。［…］それは二四歳の男だった」（Bronnen: 12）。ブレヒトとの出会いは多くの人に強烈な印象を与えたようだが、いずれも歌うブレヒトであった。シンガーソングライターとしてのブレヒトがそこにいた。しかも『死んだ兵士の伝説』は間違いなくブレヒトのお気に入りの、十八番だったのだ。この詩のおかげでナチスのブラックリストの最上位の一人に入ろうとは、そのとき思わなかっただろうけれど。

『死んだ兵士の伝説』は『家庭用説教集』(*Hauspostille*)第5課『死者のささやかなとき』(*Die kleinenTagzeiten der Abgestorbenen*)の最後を飾る詩だが、成立時期についてはずっと論争があった。一九三五年にブレヒトは「この詩はすでに戦争の年一九一七年に反戦詩として出来上がっていた」と書いた。だが遺稿のタイプ原稿には、成立時期は一九一八年と記している。一九一八年の春にドイツ帝国陸軍大将ルーデンドルフが大攻撃のために必要な人材を求めてドイツ国内をくまなく探し、年齢を問わず兵士として、前線に送り出したという歴史的事実がもとになっている(GBA 11, 322)。英雄伝説、敬虔な伝説は鋭い風刺へ転じられた。同時にキリストの死と再生もパロディ化されている。民衆的なチェヴィー・チェイス詩節(4脚と3脚の詩行が交互に表れ、交差韻)で書かれ、死の舞踏の伝統と死んだ聖人を抱えて行進する教会の祈願行列に立ち返る詩となっている。軍隊のパレードへのパロディの意味も込められているだろう。

注目すべきは、ブレヒトがこの詩を具体的な人物、事件と結び付けていることである。「『死んだ兵士の伝説』は歩兵クリスチャン・グルムバイスをしのんで書いた」ものだという。彼は一八九七年四月一一日にアイヒアハに生まれ、一九一八年の受難週間に南ロシアのカラシンで死んだという(GBA 11, 323)。近年アウクスブルクのブレヒト研究者、ヒレスハイムが誕生日そのほかから、従軍し、死にかけて帰還したカスパー・ネーアーのことだと証明し、話題になった(Hillesheim: 197)(5)。ブレヒトはこの詩で、「英雄の死」を死に損ねたネーアーのことを心配しつつ、辛らつなあざけりでコメントしたものと思われる。ブレヒト自身も徴兵の危険におびえていたころの詩である。名前の由来は、クリスチャンは受難週間にちなみキリストの受難と再生を表しており、グルムバイスは民衆的なイディオム Ihm geht der Arsch auf Grundeis.（彼はひどくびくびくしている。）の Grundeis からきたものだという。『マリー・Aの思い出』（クノップ論文参照）も『アプフェルベク…』や『死んだ兵士の伝説』も、きわめて私的な領域に詩のルーツがあり、ブレヒトは歌いかける対象を具体的に持っていたことになる。

ブレヒトはエッセイ『不規則なリズムを持つ無韻詩について』（*Über reimlose Lyrik mit unregelmäßigen Rhythmen*）で次のように述べた。「僕の初期の詩集（『家庭用説教集』）はほとんど歌《リート》とバラードからなり、詩型はかなり規則的である。それらはほとんど歌えるものでなければならなかった。しかもきわめて簡単な節回しで。僕は自分でそれらの詩に曲をつけた」（GBA 22, 358）。だがこの初期の詩集においても、『死んだ兵士の伝説』のようにリズムにはかなり不規則である。一九連あるこの詩で、各連の第2行目には9つの異なったリズム化が行われており、ブレヒトはそのことを誇らしげに語っている。初期のころと違い、ブレヒトは「韻を踏まない、不規則なリズムを持つ抒情詩」も歌いうるものだと考えるようになっていた。「歌いうる」抒情詩の条件は次第に緩和され、広がった。

ジャズとの出会いはブレヒトの作詞・作曲に大きな変化をもたらしたと思われる。一九二〇年八月の日記にブレヒトは次のように記している。「夕方にはいつもプレラーをうろつく。そこでは黒人音楽を棍棒で打ち込まれるので、夜になってもその音楽が肌のしわから抜け落ちない」（GBA 26, 139）。ここで言う黒人音楽（Negermusik）とはジャズのことであろう。ブレヒトはアメリカで黒人音楽としてさげすまれたジャズのなかに、ヨーロッパ音楽と対極をなす、斬新さや自由な広がりを感じていた。リズムのずらしともいうべきシンコペーション、オフビートから来るスウィングやコール・アンド・リスポンス（掛け合い演奏）、ハーモニーの範囲内でなら許されるインプロヴィゼーション（即興演奏）など、ジャズは一九二〇年以降、ブレヒトに新たな可能性を示していた。ブレヒトにとってジャズは、新しい音楽のスタイルのみならず、新しい演劇のスタイルを確立するために必要だった。ヴェーデキントはジャズの要素を先取りしていた。ブレヒトはアメリカ亡命中にジャズとヴェーデキントのパフォーマンスの間に親近性を認めている。一九六〇年頃にハンス・アイスラーが歌手エルンスト・ブッシュのために編曲した『死んだ兵士の伝説』のコンサートバージョンを聞いてみると、ジャズの要素はいっそう顕著だ。ブレヒトが行なった言葉の多様なリズム化に、ジャズはうまく適応しているのである。

ブレヒトは最初の演劇作品の主人公にバールを選んだ。ブルジョア社会からはみ出た浮浪者の詩人、シンガーソングライターである。バールはよく歌われたブレヒトの歌を作品の挿入歌として披露するばかりでなく、『偉大なバールの讃歌』(*Der Choral vom großen Baal*)では若い詩人の人生哲学を歌い上げている。ここでバールは作者と同一ではないが、作者の歌うメガホンの役割を果たしている。「僕の抒情詩はより私的な性格を持っている。[…]逆に戯曲は僕の私的な声ではなく、いわば世界の声を付与している。換言すれば日常的で、私的な意味づけをされた声とは正反対の、客観的に観察された声を付与しているのだ」(Völker: 114)。ブレヒトは、抒情詩の機能と戯曲の機能をはっきりと区別し、戯曲の公的な機能に優位性を与えるようになる。抒情詩は次第に演劇のなかに組み込まれていく。アウクスブルクのシンガーソングライター(Liedermacher)は、ベルリンで戯曲書き(Stückeschreiber)に変身した。

自分の詩を作曲し、歌うことに価値を見出してきたブレヒトだったが、抒情詩から演劇の領域に仕事の重点を移すにつれて、商品生産を一般的な分業の法則に従い、行うようになった。歌うこと、作曲することはその道のプロに任された。フランツ・ブルニエ(Franz Servatius Bruinier)はブレヒトが最初に共同作業をした音楽の専門家だった。ブレヒトの新しい創造、集団創作の道が始まった。

文献

BBA = Bertolt-Brecht-Archiv, Nachlaßbibiliothek.

GBA = Brecht, Bertolt: *Werke. Große kommentierte Berliner und Frankfurter Ausgabe*. Hg. v. Werner Hecht, Jan Knopf, Werner Mittenzwei, Klaus-Detlef Müller. 30 Bde. u. ein Registerbd. Frankfurt a. M. 1988-2000.

HB 1 = *Brecht Handbuch. Band 1, Stücke.* Hg. von Jan Knopf. Stuttgart 2001.

HB 2 = *Brecht Handbuch. Band 2, Gedichte.* Hg. von Jan Knopf. Stuttgart 2001.

Brecht, Walter: *Unser Leben in Augsburg, damals.* Frankfurt a. M. 1984.

Bronnen, Arnolt: *Tage mit Bertolt Brecht. Geschichte einer unvollendeten Freundschaft.* Berlin 1981.

Dümling, Albrecht: *Laßt euch nicht verführen. Brecht und die Musik.* München 1985.

Frisch/Obermeier = Frisch, Werner/Obermeier K.W.: *Brecht in Augsburg. Erinnerungen, Dokumente, Texte, Fotos.* Berlin und Weimar 1975.

Hecht, Werner: *Brecht Chronik 1898-1956.* Frankfurt a. M. 1998.

Hennenberg, Fritz (Hg.): *Brecht-Liederbuch.* Frankfurt a. M. 1984.

Hillesheim, Jürgen: *„Ich muß immer dichten" Zur Ästhetik des jungen Brecht.* Würzburg 2005.

Jesse, Horst: *Die Lyrik Bertolt Brechts von 1914-1956.* Frankfurt a. M. 1994.

Lucchesi/Shull = Lucchesi, Joachim / Shull, Ronald K.: *Musik bei Brecht.* Berlin 1988.

Münsterer, Hanns Otto: Bert Brecht. *Erinnerungen aus den Jahren 1917-1922.* Berlin und Weimar 1966.

Notowicz, Nathan: *Wir reden hier nicht von Napoleon. Wir reden von Ihnen! Gespräche mit Hanns Eisler und Gerhart*

Eisler. Übertragen und herausgegeben von Jürgen Elsner. Berlin 1966.
Pietzcker, Carl: *Die Lyrik des jungen Brecht.* Frankfurt a. M. 1974.
Schumann, Klaus: *Der Lyriker Bertolt Brecht 1913-1933.* Berlin 1964.
Schwarz, Peter Paul: *Brechts frühe Lyrik 1914-1922.* Bonn 1971.
Völker, Klaus: *Bertolt Brecht. Eine Biographie.* München 1976.
Wedekind, Frank: *Werke in 2 Bänden.* München 1990.
Zuckmayer, Carl: Als wäre ein Stück von mir. Horen der Freundschaft. *Werkausgabe in 10 Bdn.* Bd. 2, Frankfurt a. M. 1976.
市川明「笑いのパレット——機知・風刺・滑稽」、『ドイツの笑い・日本の笑い——東西の舞台を比較する——』松本工房、二〇〇三年。
グロイル、ハインツ『キャバレーの文化史』（平井正、田辺秀樹訳）、ありな書房、一九八三年。

引用楽譜

Apfelböck oder die Lilie auf dem Felde. In: *Brecht-Liederbuch.* Hg. von Hennenberg, S. 14f., S. 367.
Legende vom toten Soldaten. (Brecht) In: Hennenberg, S. 8f., S. 362.
Legende vom toten Soldaten. (Brecht, Fassung Ernst Busch) In: Hennenberg, S. 10f., S. 362.
Vom Jakob Apfelböck. *Bertolt Brechts „Hauspostille“. Mit Anleitungen, Gesangsnoten und einem Anhang.* Frankfurt a. M. 1968, S. 153.
Legende vom toten Soldaten. D-moll. A.a.o., S. 158.

CD

An die Nachgeborenen. Ernst Busch. Chronik in Liedern, Kantaten und Balladen 8. BARBArossa 2002.
An die Nachgeborenen. Therese Giehse. Gedichte und Lieder. Deutsche Grammophon 2006.
Bertolt Brecht. Lieder und Balden. Universal Music 2006.
Der Brecht und ich. Hanns Eisler in Gesprächen und Liedern. Berlin Classics, 2006.
Mackie Messer/Mack The Knife. Oldershausen 2002.

映画

『三文オペラ』、監督G・W・パプスト、一九三一年、世界クラシック名画１００撰集。

注

（1）『三文オペラ』の柿落としに間に合うように作曲を急ぐ必要があったが、ブレヒトはヴァイルにオペラ『マハゴニー市の興亡』の曲を先に仕上げるように提案した（HB 1, 197）。ブレヒト・ハンドブックでは『マハゴニー市の興亡』の後に『三文オペラ』が置かれている。

（2）ブレヒトは五月一〇日から六月一三日まで、ヴァイル夫妻は五月五日から六月四日までフランスに滞在した。夫妻がサン・シエールに宿を取った五月二六日から六月四日まで、ブレヒトとヴァイルは集中的に仕事をしたものと思われる（Hecht: 245ff.）。

（3）劇評家のアルフレート・ケルが『三文オペラ』のソングの大部分はヴィヨンの詩の剽窃だと批判したとき、ブレヒトは「精神的文化財の保管にだらしない男なのだ」と言って、批判の矛先をかわした。アメリカの研究者、ジョン・フュージは一九九四年に『ブレヒトの生活《ライフ》と虚偽《ライズ》』という本で、クラウス・フェルカーの証言をもとに『三文オペラ』の九割は愛人、エリーザベト・ハウプトマンが書いたものだと主張し、話題になった。

（4）全集では一九二一年（一二月）、ハンドブックでは一九二二年となっている。ブレヒトはヘスターベルク（Trude Hesterberg）が所有するDie Wilde Bühne（野生舞台、翻訳では騒乱舞台）と契約し、カバレットに出演している。

（5）Schwarz と Schumann は論拠なしに実在の人物だと断定し、Jesse はこれに対し、捏造の人物だとしてきた（Schwarz: 34, Schumann: 48, Jesse: 40）。

II

シンポジウム

「抒情詩への回帰——歌としてのブレヒトの詩」

ブレヒト国際シンポジウム「抒情詩への回帰――歌としてのブレヒトの詩」

阪神ドイツ文学会（会長、林正則大阪大学教授、会員三五〇名）では、二〇〇六年一二月三日（日）に大阪大学中之島センター、佐治敬三メモリアルホールでブレヒト国際シンポジウム「抒情詩への回帰――歌としてのブレヒトの詩」（RÜCKKEHR ZUR LYRIK – Brechts Gedichte als Lieder）を開催した。

科研費プロジェクト「ブレヒトと音楽」、大阪大学大学院文学研究科の協力により、『ブレヒト三〇巻全集』、『ブレヒト・ハンドブック』全五巻の編集者であるヤン・クノップ（Jan Knopf）氏と『ハンドブック』の編集協力者で音楽学者のヨアヒム・ルケージー（Joachim Lucchesi）氏をパネラーに迎えた。日本側からはプロジェクトの研究代表者、市川明（大阪大学、ドイツ文学・演劇学）と研究分担者の大田美佐子（神戸大学、音楽学）がパネラーに加わり、森川進一郎（兵庫県立大学）が司会を務めた。

シンポジウムの目的は、ブレヒトの詩とそれに付けられた音楽の相互関係を探り、テクストと音楽の共生の実像に迫ることであった。表題の意味は、ブレヒトの詩の多くが「歌」として成立した、ということである。シンポジウムでは、生涯にわたるブレヒトの音楽との深いかかわり、有名な詩『マリー・Aの思い出』と『あとから生まれてくるものたちへ』におけるテクストと音楽の関係、音楽面での戦後日本におけるブレヒト受容などについて、四つの報告とそれに基づく討論が行われた。

ドイツ文学、演劇学、音楽学のコラボレーションによる学際的シンポジウムで、従来のテクスト中心のブレヒト研究に大胆な問題提起をするとともに、阪神ドイツ文学会の研究活動としても新たな地平を切り開くものであった。本書では四人のパネラーの報告を紹介したい。

「人前でギターを弾くこともあるからさ」

——音楽重視のブレヒト研究への提言——

ヨアヒム・ルケージー　Joachim Lucchesi

クルト・ヴァイル（Kurt Weill）、ハンス・アイスラー（Hanns Eisler）と並んで、いわゆる「ブレヒト作曲家」御三家の一人パウル・デッサウ（Paul Dessau）は、いみじくもこう尋ねたことがある。「ブレヒトは、散文をメモりながら歌を口ずさむほど音楽的作家だったのか、それとも音楽的だったから散文ですら歌ったのか」（Dessau: 47）と。

二〇世紀最大の詩人・劇作家ベルトルト・ブレヒトの作品はいずれも、音楽なしには考えられない。詩の大部分、完成した戯曲四八点、ほぼ五〇点におよぶ未完戯曲のほとんどに音楽とのつながりが見られる。ブレヒトほど首尾一貫して音楽と関連づけて創作活動をおこなった作家はいないだろう。彼のテクストは世界中で歌われ、さまざまなメディアで流されている。一九二九年にブレヒト自身が歌って収録された歴史的レコーディングに始まり、グローバル化した今日の音楽市場に流通する無数の演奏にいたるまで。

ブレヒトの伝記はさしずめ現代音楽百科事典として読むこともできるだろう。ブレヒトは最初、しばらくの間だがオペラ歌手マリアンネ・ツォフ（Marianne Zoff）と夫婦だった。二〇年代中葉には若手作曲家フランツ・ブルニエ（Franz Brunier）と創作活動をともにし、無声映画作曲家エドムント・マイゼル（Edmund

ブレヒトとパウル・デッサウ（前）（1951 年）　©bpk/Willi Saeger

Meisel）と出会った。クルト・ヴァイルやパウル・ヒンデミット（Paul Hindemith）とともに、ヨーロッパの前衛音楽祭を征服しようとし、シェーンベルク（Arnold Schönberg）の弟子ハンス・アイスラーと協力して、辛辣で挑発的な主要作品を生み出した。北欧とアメリカでの亡命中には、シモン・パルメ（Simon Parmet）、ヒルディング・ローゼンベルク（Hilding Rosenberg）、アルノルト・シェーンベルクと交わった。『ルクルス』オペラの作曲をイゴール・ストラヴィンスキー（Igor Strawinsky）に依頼しようとして断られた後、アメリカ人作曲家ロジャー・セッションズ（Roger Sessions）に作曲を許可した。亡命からの帰途、ザルツブルクでゴットフリート・フォン・アイネム（Gottfried von Einem）に出会った。アメリカで始まったパウル・デッサウとの共同作業は生涯続けられ、東ドイツではルドルフ・ワーグナー＝レーゲニ（Rudolf Wagner-Régeny）、ボリス・ブラッハー（Boris Blacher）、クルト・シュヴェーン（Kurt Schwaen）とともに活動した。

ブレヒトは、（例えばトーマス・マンと違って）短編小説や長編小説のなかで音楽的素材を文学作品のテーマにするに留まらず、作家生活の最初から詩と演劇という「音楽化可能な」ジャンルに専念した。早くから幅広い音楽ジャンルに関心を示し、その関心はまもなく、家庭や仲間内で楽しむ小市民的音楽の場を超えて別の新たな岸辺へとたどり着くこととなった。一方では、プロムナードコンサート、オペラ通い、ピアノレッスン、父親の男声合唱団、大道歌、教会の聖歌、ワンダーフォーゲルの合唱が、他方では年の市や酒場での音楽、「辻音楽のほろ苦いヴェルモット酒」（ブレヒトの『詩篇』10番、GBA 11, 23）、工場や中庭で女工たちが歌う歌、台所で召使が歌う歌、大道歌、演歌。「そこからコーヒー滓が心に残った」（同書）と述懐しているように、ブレヒトは実用的ならびに美的観点から、素朴かつ精巧なやり方で自己の音楽土壌を拡大していった。

従来のブレヒト研究では、テクスト中心の考察と作品分析という方法がまかり通ってきた。まるでブレヒトの詩と戯曲が純粋テクスト以外の何ものでもないと言わんばかりに。しかし私は今でも、一九九八年に催された教育劇『処置』(*Die Maßnahme*)に関する研究集会の最終日に、この作品の上演をベルリーナー・アンサンブルで観たときの何人かの参加者の驚きをよく覚えている。それは一九三三年の上演禁止後初めてのベルリン上演で、ハンス・アイスラーの音楽が完全な形で紹介されたのもこの時が初めてだった。しかしこの上演で、テクストと種々の稿に関するブレヒト研究者の深遠な知識はひどく揺らいだ。演劇作品として、とりわけオラトリオとして紹介されて、全上演時間の約半分が音楽で占められていることに突如気づかされたからだ。しかもこの音楽は、ただ単に伴奏するとか解釈するとかいった以上の重要な役割を果たしている。アイスラーのこの曲はまだ広く知られているわけではなく、残念ながら今日まで楽譜もCDも出版されていないが、説明的な舞台音楽とは似ても似つかぬすばらしい音楽であることが明らかになったのである。それは演劇的に構築され、独自のテクスト解釈を物語り、新たな問題意識を誘発する。

ブレヒト文献には今日まで、ギムナジウム学生ブレヒトは最初の文学上の試みを抒情詩の分野で始めたと書かれている。しかしこれは条件つきでのみ正しい。ブレヒトの出発点は抒情詩人というよりもむしろ、今でいう「シンガーソングライター」であり、詩と音楽とパフォーマンスが一体となって、自らギターを弾いて歌う詩人兼歌手として展開される点に、初期作品の特徴がある。ブレヒト自身ことあるごとに強調したことだが、彼は詩人としてではなく歌手として芸術活動を始めた。それゆえブレヒトは「音楽と同時に詩句を構想した」(GBA 26, 316)と述懐している。一九五二年には、経歴を問う手紙にこう答えている。「私がこの仕事に入ったきっかけは、まず歌を書き、それをみんなの前でギターを弾いて披露し、周りの人を楽しませると同時に自分自身も楽しむことだった」(GBA 30, 105)。

ギターを弾くブレヒトの姿は確かにずっと前から、とくにフリッシュ（Werner Frisch）とオーバーマイアー（K.W.Obermeier）の共著『アウクスブルク時代のブレヒト』（*Brecht in Augsburg*）以降、私たちの記憶にしっかりと刻み込まれている。しかしブレヒト自身の手による楽譜の下書きとメロディのメモが一五〇点余り残されていることは今日まであまり知られていない。激動の時代に追われてブレヒトは世界中を転々とせざるをえなかったが、その間に多くの楽譜メモが失われたと推察される。ブレヒトの自筆メモには独自の記号が使われている。短い音価を表すのに四分音符の頭の部分が、長い音価を表すのに（打楽器用の記号に似た）十字の印が用いられ、縦線はたいてい省略されている。リズムは楽譜の下に添えられた歌詞で示されている。楽譜メモには、瞬時に書き留められた速記のような印象を与えるものがあるが、これはアウクスブルクの年の市での大道歌手の即興演奏をメモしたもののようだ。

次に起こる疑問は、ブレヒトがなぜ書かれた言葉に満足せず、――少なくとも友人たちに囲まれて――公開の場での詩の朗読を欲したか、ということだろう。なぜ、何のためにこれほど大量の音楽が必要なのか、テクストだけでなく音楽も同時に作ろうとするブレヒトの衝動はどこから来るのか。専門的な職人芸の視点からはただ単に素人芸にすぎないのに、音楽はブレヒトにとって何なのか。なぜブレヒトは特殊で専門的な音楽の仕事をさっさと作曲家に任せてしまわないのか。こうした疑問は避けて通ることのできない当然の疑問のように思えるが、ブレヒト研究ではこれまで皆無と言っていいほど見落とされてきた。

つい最近の例を挙げてみよう。フランク・トムゼン（Frank Tomsen）、ハンス＝ハーラルト・ミュラー（Hans-Harald Müller）、トム・キント（Tom Kindt）共著による新刊書『怪物ブレヒト――作品伝記要覧』（*Ungeheuer Brecht. Eine Biographie seines Werkes*）には、驚くべきことに音楽的視点は言うに及ばず、音楽に関わる観点すら欠如している。ブレヒト初期の歌にも、劇に歌が出てくる場面にも触れられていないばか

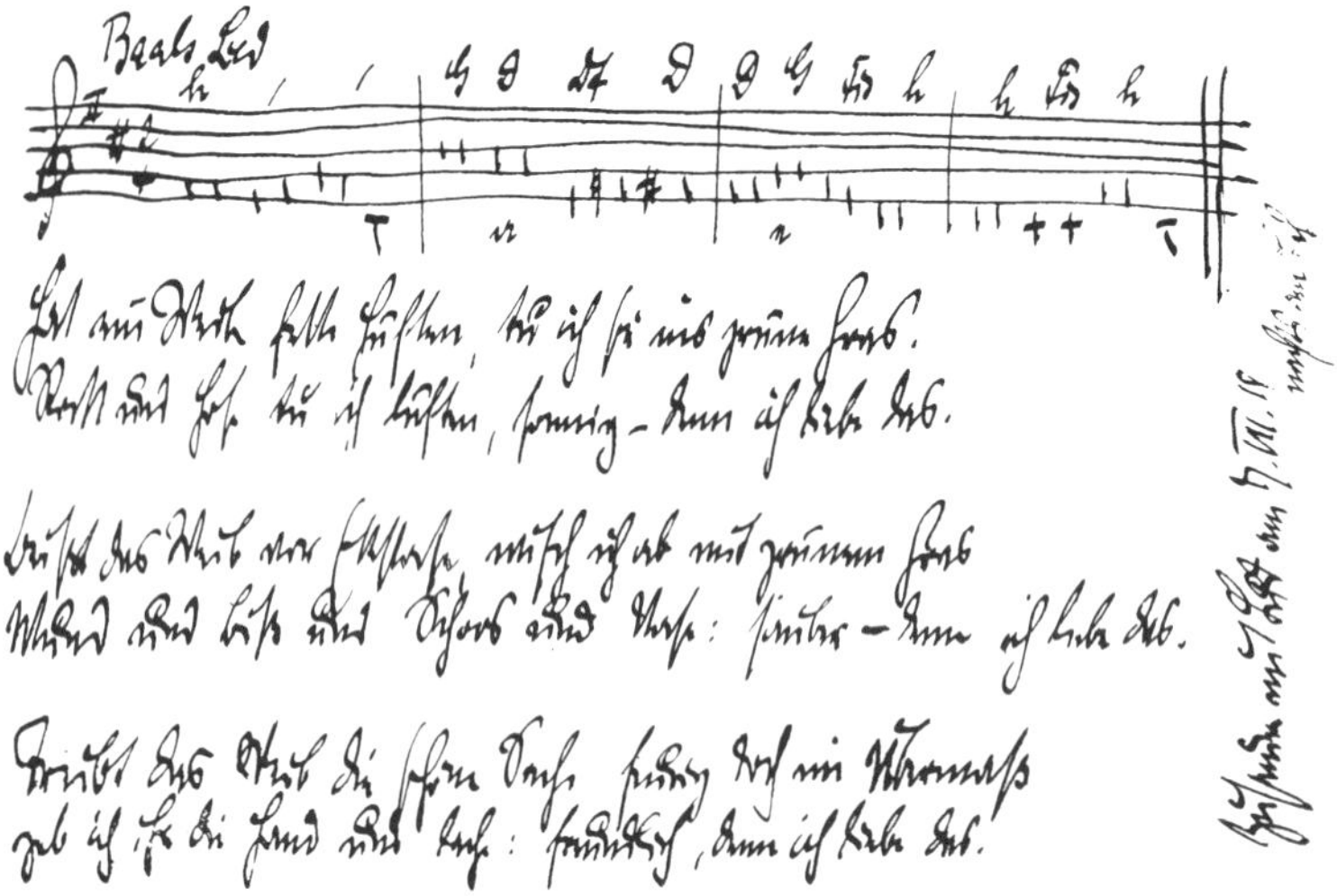

『バールの歌』の草稿と楽譜

ファレンティン・オーケストラのブレヒト（左から２人目）（1920 年）

りか、『三文オペラ』(*Die Dreigroschenoper*)やオペラ『マハゴニー市の興亡』(*Aufstieg und Fall der Stadt Mahagonny*)のように詳しく論じられている作品の場合でも、音楽との関係は見落とされている。『処置』――このテクストはブレヒトとアイスラーが共同で制作したものだが――を扱った章にすら、作曲家への言及も作品理解に不可欠な音楽への言及もまったく見られない。この最新の事例は、依然として続く今日のブレヒト研究の欠陥を代表的かつ明確に示すものだ。「ブレヒトと音楽」というテーマはすでに何人かの研究者によって論じられているという反論がなされるかもしれない。しかし、だからと言って学問的に安閑としているわけにはいかない。というのはこれらの研究における、ヴァイル、アイスラー、デッサウ等との特別な共同作業についての叙述を見る限り、この疑問に対する答えは非常に不十分だと言わざるをえないからだ。問題の核心はとりわけブレヒト自身に、すなわち彼の詩的ならびに音楽的な内的創造過程の不即不離の二元性にある。

さまざまな音楽領域にテクストを多種多様に組み入れようとする性向は同時に、さまざまな可能性の相乗作用をめざし、いろんな形態の芸術・パフォーマンスに「通じよう」とする意図を示すものだ。この意図をブレヒトは狡猾にも市場戦略上の狙いと結びつけている。そのような戦略的狙いをブレヒトは生涯にわたり持ち続け、飽くことなく作曲家との共同作業を追求し続けた。その表れが、バラードと民謡、賛美歌と台所仕事の歌、ソングと流行歌、大道歌と演歌、オペラ、オペレッタ、バレーといったさまざまな音楽ジャンルの受容と応用なのだ。音楽上の試みにおいてブレヒトがこれらのジャンルを極めて巧みに引用し、色づけし、もじっていることは詳しい説明を要しないだろう。

さらに注目すべきは、ブレヒトが歌を披露した場所である。というのはそこに、文字通り音楽の社会的ステータスが示されているからだ。音楽はどの音も「われわれ」を意味し集団的な制作と受容を要求する、という有名なテオドーア・W・アドルノ（Theodor W. Adorno）のテーゼがブレヒトにおいて実践的に試されている。セレナーデを披露したのがアウクスブルクの路地裏や広場であり、友人仲間が集まった場所が場末の酒場であるという風に。それらがブレヒトの求めた演奏会場であり、そこで自分の聴衆を前にして歌ったのである。こうした公演の場は、冷たい「アスファルト都市」ベルリンへの移住後は失われてしまったので、アウクスブルクの町と――レヒ川とその畔《ほとり》に広がる――その周縁部の環境に固有のものと見られる。

同時にブレヒトは、しかるべき楽器を選んでいる。小市民的な家庭音楽にお決まりの重厚なピアノではなく、どこでも使える軽いギターがブレヒトお気に入りの楽器だった。お行儀のよい小市民連中を驚愕させようという音楽的ゲリラ戦術にはギターがうってつけだった。朗読されたりピアノ伴奏で歌われたりする詩は、攻撃の標的である小市民的芸術消費、すなわち私的な音楽サロンや古典的な美の殿堂といった、社会から隔絶した場所での芸術享受に恐ろしく近づきすぎるのではないか、との猜疑の念をブレヒトは捨て切れなかった。ブレヒトはこのような関係を転覆し、「汚物を吹き上げるもの」「密告者」（GBA 22, 157）――後に『三文オペラ』の音楽についてブレヒトはこう語っている――として音楽を使おうとした。音楽をつけて公の通りや広場で歌って聞かせることで、限界を超える社会的機能を詩に持たせよう。これがブレヒトの狙いだった。『哀れなＢＢ』（*Vom armen B.B.*）と名づけられた詩の一節に「人前でギターを弾くこともあるからさ」（GW 3, 133）とあるように。

繰り返して言うが、なぜブレヒトは書かれた言葉に満足しなかったのだろうか。なぜテクストに音楽を付加したのだろうか。それは多分、テクストを別様に解釈したり、効果的になるよう強調したりする音楽の機能を強く意識していたからであろう。公の場でみずから行った試みでブレヒトは、後に劇場で作曲家、演奏家、俳優から求めたものを試したのである。つまり、音楽を書いて聴衆に働きかけ、それによってテクストに新たな観点を付け加えたり、声や身振りによる演技者の表現力でテクストを後まで余韻が残るよう印象づけようとしたのだ。テクストに音楽をつけて初めて、歌を歌って初めてブレヒトの天分は十全に発揮される。詩的天分と音楽的天分、歌手としての天分と俳優としての天分、すなわち文学、音楽、舞台芸術が。ブレヒトが演じるとき、友人たちはブレヒトの周りをとり囲む聴衆を形成した。これは想像上の舞台であり、この小芸術舞台でブレヒトは彼の聴衆と観衆を試し、男女を問わず友人たちを即座にとりこにした。ここで声楽による独り演目の枠内で行われたことは、まさに後のブレヒト劇場の最初の表れと言うべきものだろう。小規模な形で彼が演じたこの独り舞台は、戯曲とその特別な演じ方、新しい表現見本の獲得、叙事的なもの、異化的なもの、新しい批判的な聴衆への志向といった要素として後に大規模な形で創造されるものの雛形なのである。

今日われわれがブレヒト劇場と連想して思い浮かべるものすべての、未成熟とはいえ実り多い核心は、アウクスブルク時代の実験室での試みにある。すなわち詩人、作曲家、歌手、楽器奏者、俳優、演出家という多くの役割を一個の人間に集中したシンガーソングライターとしての試みに。たとえば少年時代にブレヒトは、アウクスブルクの夏祭りで大道歌手が大げさな身振りや表情で歌詞を注釈しながら歌うのを観察したが、これはテクストと音楽に注釈を加えるようなやり方の明確な先駆けではなかろうか。このような態度をブレヒトは後に、理論的著作や演出の仕事の中で執拗に要求することになる。あるいは初期の聴衆と言うべき男女の友人たちと親しく触れ合うことでブレヒトは、自分の芸術の作用を前もって試さなかっただろうか。ブレヒトは一九三六年に、客にある特定のドリンクを注文させるにはどの音楽を聞かせればよいか発見したとされるパリの旅籠の主人のことを描いたが、同じことを早くもアウクスブルク時代に試みたのではなかろうか。詩作、歌、表現、演出を一手に引き受けて演じる初期ブレヒトの芸術活動は、細部にいたるまで自らコントロールして行う音楽を用いた演劇上演の先駆けではなかろうか。

ブレヒトならびに友人の証言によると、初期抒情詩の大部分は「音楽化」された。しかし音楽とともに、音楽のために成立した詩という初期作品の性格が首尾一貫して顧みられることは今日までほとんどなかった。だから、今やこう問いかけてもいいのではなかろうか。言葉のみを用いて書かれた詩は、音楽とともに、音楽になるように書かれた詩とはまったく違うのではないか、と。もし違うとすれば、必然的にブレヒトの詩の出版のあり方にも影響を及ぼさざるをえないだろう。初期の詩はこれまで、三〇巻本を含め無数のブレヒト作品集において純粋テクストとして出版されているが、そうではなく本来のもっと複雑な構造を明示する必要があろう。すなわち、今も存在する楽譜つきの詩（例えば、『冒険者のバラード』*Ballade von den Abenteuern*）、楽譜メモを添えられた詩（例えば、『疲れた憤慨者の歌』*Lied der müden Empörer*）、パロディの方法で、すなわち既存のメロディに沿って作られた詩（例えば、『マリー・Aの想い出』*Erinnerung an die Marie A.*）といった具合に。さらに第四のグループとして、証言からブレヒトならびに友人によって歌われたとされる詩（例えば、『幻滅した人たちの空』*Der Himmel der Enttäuschten*）が加えられよう。したがって極端な問い方をすれば、初期ブレヒトの詩は大部分、断片的な姿でしかないのではなかろうか。なぜなら詩とともに（詩を通して）作られた音楽が一部は失われてしまったからだ。これらすべてのことが初期の詩の注釈を作る際に考慮されねばならないだろう。もしこのような問題設定が首尾一貫して貫かれるなら、ブレヒト研究は部分的に見直されねばならないだろう。それでもなお、ブレヒトの初期抒情詩といった言い方は適切なのだろうか。むしろブレヒトの初期の歌と言ったほうが正しいのではなかろうか。音楽記号が部分的に失われた作品はおびただしい数に上るのである。

それに負けず劣らず重要なことは、ブレヒトは明らかに音楽によって詩的創造力を促されたということだ。ロナルド・シュル（Ronald Shull）と私の共著『ブレヒトにおける音楽』（*Musik bei Brecht*）のためにおこなわれたインタビューの中で、弟ヴァルター（Walter Brecht）は次のように指摘している。ブレヒトは詩の第一連をつくるときにメロディを、いわば「引き馬」として用い、それに刺激されて詩的イメージを詩句や詩節に膨らませていったり、いったん見つけた詩のリズム・韻律構造を首尾一貫して次につなげていったりした（Lucchesi/Shull: 64）と。弟のこの指摘からブレヒトの仕事場の様子、すなわち詩的創造的過程の重層性とテクスト制作を促し、造形する音楽の役割が深く洞察されよう。しかしその重要性と影響範囲の大きさにもかかわらず、このような指摘はブレヒト研究においてほとんど顧みられなかった。他の場面でも音楽はブレヒトの創造過程に大きな影響を与えた。たとえば、俳優エルヴィーン・ファーバー（Erwin Faber）は次のように証言している。戯曲『都会のジャングル』（*Im Dickicht der Städte*）制作時にブレヒトは、レコードをかけてアメリカのソングミュージックを聴きながら大都市シカゴの雰囲気をそれらしく作品に書き込もうとした、と。「感情移入」しようとしたと言ってもよかろう（Lucchesi/Shull: 318-319）。ブレヒトは「静かな」詩人などではなく、音楽、すなわち語順とそのリズムの響きから得られる刺激を重視した。彼の歌や詩は友人たちのサークルの中で声に出して語られ、試されながら生まれていったのである。

音楽重視のブレヒト文献（その中には私の研究も含まれる）ではこれまで、ややもするとリヒャルト・ワーグナー（Richard Wagner）とのブレヒトの関係は批判的ないし拒否的なものとされてきた。一見するとこの見方は正鵠を射ているようにみえる。生徒文芸誌『収穫』（*Die Ernte*）に掲載された一九一三年に書かれた初期テクストを除いて、ブレヒトの（ワーグナーに関する）言説はすべて否定的、いやそれどころか破壊的なものばかりだからだ。しかし、なぜブレヒトはワーグナーとの対決にあれほど精力を注いだのだろうか。なぜ他の作曲家に覚えたことのないような困惑をこの作曲家に示したのだろうか。ブレヒトはワーグナーの総合芸術に強く異議を唱えた。それが諸芸術を溶かし込み、それぞれの芸術の特殊的性格を奪ってしまうことを恐れたからだ（GBA 24, 79）。ブレヒトによれば、ワーグナーのこの総合芸術には観客も溶かし込まれ、恐ろしい中毒症状にかかってしまう。しかし、だからといってブレヒトがワーグナーの芸術構想をまったく無視したと言えるだろうか。いや私はそうではなく逆に、ブレヒトはそれに刺激されたのだと考える。ワーグナーは諸芸術を、歌手、音楽家、聴衆を音楽劇の熱い融合過程に引き込み、汗をびっしょりかかせるが、ブレヒトはそれを徹底的に冷ます。「諸要素の分離」「自立した芸術の集団」という自己の構想を効果的な冷却装置としてワーグナーの総合芸術構想に移植することによって。ブレヒトはすべてを包括する演劇芸術という構想を飽くことなく追求したが、それは――もちろん芸術美学上も芸術政策上もまったく違った考えからだが、――ワーグナーに続くもので、部分的にはワーグナーを受け継ぐものだ。二人を比較してみよう。

ブレヒトもワーグナーもみずから戯曲を書いた。みずからテクストに作曲した。みずから自己の演劇に関する演劇理論を書いた。自作を演出した。自分自身の劇場を持って自己の演劇を運営した。新しい観客の教育者であるとみずから宣言した（ただ、よく知られているように作曲能力の点だけは、ワーグナーを大作曲家にしたような専門性をブレヒトは持ちえなかった）。相手と比較しながら諸芸術と芸術構想を生み出し、まとめ上げ、調整するさいに、ワーグナーとの親近性こそが、ブレヒトのあの激しい拒否的態度を生み出したと言えるのではなかろうか。そこには、相手に負けまいとする対抗意識も手伝ったと思われる。

リヒャルト・ワーグナーとのブレヒトの関係はブレヒト研究の側から、批判的拒否的な次元だけでなく、とくに生産的創造的次元からも考え直さなければならない、と私は考える。ちなみにハンス・アイスラーもワーグナーに対し批判的な態度を取っていたが、著作の中でブレヒトよりも細かくこのことを論じている。アイスラーもワーグナーの総合芸術を拒否しているが、しかし「そこから教訓を引き出さないのは間違っている」とも述べている。「哲学の衣を剥ぎ取れば、堕落したオペラ舞台の純粋改革だ」というのだ。「オーケストラ、舞台装置、歌唱、演技の対等な関係という観点は当時、目新しい考えで、それが実践の中で貫かれた」(Eisler: 23, Schweinhardt: 74, 92 参照)からだ、と。この問題についてアイスラーとブレヒトが熱心に意見をたたかわせたという前提に立ってもおそらく間違いではなかろう。

作曲する友人やプロの作曲家との熱心な共同作業にもかかわらず、ブレヒトは単なる作詞家とみなされることには強く抵抗した。私は「ビールを取りに行くために」(GBA 29, 272) ここにいるのではないのだぞ、と言ったことがある。ブレヒトはテクストを作って、自由に曲をつけてくれと作曲家に手渡すような態度を取らなかった。それは自分のテクストの求める要求が、「政治的内容にかかわる問題」(同) の場合でも、作曲家に無視されて曲をつけられ、これ見よがしの職人的作曲技法で覆い隠され、批判的討論を奪われるのを恐れたからだ。ブレヒトは次のように言っている。作曲家の中には、「テクストは単なる単語の羅列であり、作曲家に能力を発揮するチャンスを与えるためにそこにある、と考える人がたくさんいる。私はある非常に才能のある若手作曲家に、とても切実な調子で、『リベレンフリューゲルツァールト』というような単語が音楽『目的』に最もふさわしい、と言われたことがある。このような単語だと音楽はあれこれとひねくり返し、ひとかどのものを示すことができるのだ。このような連中の手にかかれば音楽は独自の意味を持つから、テクストの持つ意味が邪魔になる」(Lucchesi/Shull: 150)。ブレヒトにとってこれは、単語とその意味を曖昧にさせない、作品のどの個所でも明確さを失わせないような音楽の擁護を意味する。音楽は解放的な協同関係に向かうよう求められる。テクストに別の意味を加えるのではなく、テクストを注釈するような対話をし、テクストに異議を申し立て、反論を行うといった風に。

音楽の問題はブレヒトにとって、作曲家に任せてしまえばよいというようなことではなかった。というのは音楽の過程が先行したからだ。それは文学創造が音楽的要素の刺激を内包するその瞬間に始まった。アメリカ亡命中の『作業日誌』(Journale) の記述の中でブレヒトが強調していることだが、ヴェーデキント (Frank Wedekind) の詩はジャズのステップの複雑なリズムを手本にしており (GBA 27, 79)、不規則なブレヒトの韻律とリズムは現代音楽にうってつけである (GBA 22, 359 参照)。さらに彼の詩句は、巧みに切り詰められた簡潔さと身振り的正確さを持っているので、作曲態度もおのずからそれに縛られ、テクストに勝手気ままに曲をつけていろいろなヴァリエーションを作るというようなことはできない。作曲家たちが何度も証言していることだが、ブレヒトの言語は正確で、言語表現にすでに音楽的要素が含まれているので、作曲にもそれにふさわしい正確さが求められる。ブレヒトがテクストの朗読や俳優の舞台言語にも、――正しい話し方か誤った話し方か、身振り的イントネーション、間の置き方、リズム的に繊細な発音かあいまいな発音か、といった――音楽的な視点を重視したことは、一九四〇年頃に書かれた論文からも分かるだろう。いみじくも表題は「音楽」(GBA 22, 673) となっている。

音楽を聴くこともブレヒトの生活術の欠くべからざる構成部分だった。このことをパウル・デッサウは非常に詳しく伝えている。「聴き手としてのブレヒトを観察することは私にとって、常にすばらしい楽しみであり、同時に勉強だった。注意をそらされないようにブレヒトは目を閉じていた。一度聴くだけでは不十分だった。[…] ゆっくり時間をかけた。[…] 声楽作品の場合、まず声楽部だけを知ろうとした。その後から全体をまとめて [...] 何度も聴いた。驚くべきことがあった。『ドイツ人突撃隊の母の歌』(*Lied einer deutschen SA-Mutter*) を聴いたとき、ブレヒトはとくに伴奏を褒めたのだ。バスの声部で弾かれる通奏低音だ。それまでとくに注意を向けた人は誰もいなかった。新鮮だったので注意を惹かれたのだろう。しかし素人がそれを聴き取ったのだ」(Dessau)。ブレヒトの「聴取術」については、デッサウだけでなくアイスラーやクルト・シュヴェーンらの作曲家にも類似の証言があり、正規の訓練を受けなかったにもかかわらず、ブレヒトが驚くべき専門性を持っていたことが窺われる。

アイスラーの証言の中に、ブレヒトのすばらしい言葉がある。それは音楽とのブレヒトの深い関係を非常に印象的に伝えるもので、あとから生まれてくる者たちの眼前に音楽が彼のテクストを矢のように運んでくれるように、との希望を託したものだ。「音楽は琥珀の中に閉じ込められたハエのように私の詩句を止揚する」(Eisler/Bunge: 66) と。これは古代東アジアの英知のようにも聞こえる。

(森川進一郎訳)

Literatur:

Dessau, Paul: *Notizen zu Noten*. Leipzig 1974.

Eisler, Hanns: Was kann der Opernkomponist von Richard Wagner lernen? In: Mayer, Günter (Hg.): *Hanns Eisler. Musik und Politik. Schriften 1948-1962*. Leipzig 1982, S. 230-234.

Eisler/Bunge = Eisler, Hanns: *Gespräche mit Hans Bunge. Fragen Sie mehr über Brecht*. Leipzig 1975.

Frisch, Werner; Obermeier K. W.: *Brecht in Augsburg*. Berlin 1975.

GBA = Brecht, Bertolt: *Werke. Große kommentierte Berliner und Frankfurter Ausgabe*. Hg. v. Werner Hecht, Jan Knopf, Werner Mittenzwei, Klaus-Detlef Müller. 30 Bde. und ein Registerbd. Frankfurt a.M. 1988-2000.

GW = Brecht, Bertolt: *Gesammelte Werke in 20 Bänden. Supplementbde. I-IV*. Frankfurt a.M. 1969-1982.

Lucchesi, Joachim; Shull, Ronald K.: *Musik bei Brecht*. Frankfurt a.M. 1988.

Schweinhardt, Peter (Hg.): *Hanns Eislers „Johann Faustus“*. Wiesbaden 2005.

Thomsen, Frank; Müller, Hans-Harald u.a.: *Ungeheuer Brecht. Eine Biographie seines Werks.* Göttingen 2006.

失われた記憶

――勘違いされたマリー・Aへの愛の歌――

ヤン・クノップ　Jan Knopf

有名な歌《リート》『マリー・Aの思い出』（*Erinnerung an die Marie A.*）は――最初のテクストへのブレヒト自身の書き込みによると――「一九二〇年二月二一日、午後七時、ベルリン行きの車中にて」書かれたとされる。テクストはいともすらすらと書かれ、ほとんど訂正もなく、韻律や押韻も（ほとんど）規則通りに手帳に記された。ここではまだ『おセンチな歌』（*Sentimentales Lied*）という表題がふられているが、後に「一〇〇四番」と補足された。一九二四年になって、多大な発行部数を誇る『フランクフルト新聞』（*Frankfurter Zeitung*）八月二日付の紙面で世に出たとき、『マリー・Aの思い出』というタイトルがつけられた。このタイトルは、『新進若手作家』（*Junge Dichter vor die Front*）一九二四年一二月号、『三角形』（*Das Dreieck*）一九二五年一二月号、幅広い読者をもつ雑誌『ワシミミズク』（*Uhu*）一九二六年一二月号など、その後の出版でも用いられた。こうした刊行によってこの詩は、一九二七年に『家庭用説教集』（*Hauspostille*）第三課『歴代志』（*Chroniken*）のなかで登場するずっと以前から、ブレヒトの最もよく知られた作品の一つとなったのである。その後の版では原則的に著者による最終決定版テクストが公表され、校訂版が世に出ることはなかったことから、（一般には）最終的なタイトルで発表されたテクストしか知られていなかった。そのために、マリー・

Aというのはブレヒトの青年時代の恋人に違いなく、これは恋愛詩であると推論されたのである。ところが、詩人は、なんと「騙《だま》し」の手掛かりを残していたのだ……。

マリー・Aの思い出

1

青い月の九月のあの日
若いスモモの木の下で、静かに
あの娘《こ》を抱いた。静かで色白の恋人を。
やさしい夢を抱くように、腕の中に。
晴れ渡った夏の空に
ひとひらの雲。僕はずっと眺めていた
真っ白で、途方もなく高く
次に見上げると消えていた。

2

あの日からいくつものいくつもの月が
静かに沈み、流れ去っていった
スモモの木は切り倒されてしまったろう

「恋人はどうしているか」と聞かれたら
「もう思い出せない」と答えよう。
むろん誰のことかはわかるけど
あの娘の顔はほんとに思い出せない。
覚えているのは顔に口づけしたことだけ。

3

その口づけさえも忘れたままだったろう
あの雲を見つけなかったなら。
あれをまだ覚えているし、忘れはしない
真っ白で、とても高くにあった。
スモモの木は今も花を咲かせ
あの人も七人の子持ちかもしれない
でもあの雲はほんのわずか咲いただけ
見上げるともう風のなかに消えていた。[1]（市川明　訳）

この女性が、ブレヒトの青年時代の恋人のマリー・ローゼ・アマン（Marie Rose Aman 実際はローザ・マリア・アマン）であることは、すぐに突きとめられた。それ以降のブレヒト受容では、彼女とこの歌の関係は揺るぎないものとなった。ブレヒトとは一九二〇年の八月に別れている。彼女のことを記した最後の――その間

uns im schö- nen Som- mer- him- mel war ei- ne Wol- ke, die ich lan- ge
dir: ich kann mich nicht er- in- nern, und doch, ge- wiß, ich weiß schon, was du
bäu- me blühn viel- leicht noch im- mer, und je- ne Frau hat jetzt viel- leicht das sieb- te
sah, sie war sehr weiß und un- ge- heu- er o- ben, und als ich
meinst. Doch ihr Ge- sicht, das weiß ich wirk- lich nim- mer, ich weiß nur
Kind, doch je- ne Wol- ke blüh- te nur Mi- nu- ten, und als ich
1.–2.
3.
auf- sah, war sie nim- mer da. 2. Seit je- nem
mehr: ich küß- te es der- einst. 3. Und auch den
auf- sah, schwand sie schon im Wind.

『マリー・Aの思い出』(楽譜)

Erinnerung an die Marie A.

Bertolt Brecht/Franz S. Bruinier (»nach einer alten Melodie«)

1. An je- nem Tag im blau- en Mond Sep- tem- ber, still un- ter
Tag sind vie- le, vie- le Mon- de ge- schwom- men
Kuß, ich hätt ihn längst ver- ges- sen, wenn nicht die
ei- nem jun-gen Pflau- men- baum, da hielt ich sie, die stil- le blei- che
still hin- un- ter und vor- bei. Die Pflau- men- bäu- me sind wohl ab- ge-
Wol- ke da- ge- we- sen wär, die weiß ich noch und werd ich im- mer
Lie- be, in mei- nem Arm wie ei- nen hol- den Traum. Und ü- ber
hau- en, und fragst du mich, was mit der Lie- be sei? So sag ich
wis- sen, sie war sehr weiß und kam von o- ben her. Die Pflau- men-

にブレヒトはパウラ・バンホルツァー（Paula Banholzer）とのあいだに息子を一人もうけている――『日記』（*Tagebuch*）への書き込みは次の通りである。

心地よいたそがれ時の物語

僕はローズルを呼び出していた。のろのろと彼女がやって来る、七時、ようやく日が暮れてきた。ちょこんとお辞儀をする、帽子はかぶっていない、せまく上品なおでこはいつもとてもつややかだ。日曜日よりもきれいに見える。僕らはビルケナウに散歩に行く。ベンチに座り、体をすり寄せる、彼女は色白で、無邪気で、甘い物好きだ。空は雲でおおわれ、僕らの上を流れ去る。薮のなかで風がざわざわと音を立て、あいにく木の葉の下に吹き込んで来る。僕はそのやわらかで小さな顔に何度も口づけをし、いささか彼女の顔をしわくちゃにする。それはそうと、彼女はいついかなる場合もエチケットに配慮しているので、九時までに帰宅せねばならない。(2)

ここに描かれた舞台装飾《インテリア》はじつに詩とマッチしている。いうまでもないが、詩はこの時すでに公表されていた（あるいはテクストの表現に影響を与えたかもしれない）。しかし同時に、詩のテクストにみられるフィクションとかなり違うところもある。詩のほうは、――性的な出会いに関していえば――なるほど露骨であり、『おセンチな歌』の初稿に戻ると、一連と三連の最後の行で、「見上げると（雲は）もう風のなかに消えていた」(3)と語られている。古典的なロクス・アモエヌス［ここちよき場所］が、初稿においてはほとんど古典的な手法で引用されているが（芝生、木、空、季節）、最終的な原稿では後退しており――そのために不明瞭になることはなく――、詩的表現においてより強い印象を与えている。というのは、「見上げる」という言葉といっそう調和するからである。雲はたしかに「見られた」のであるが（雲は同時に、記憶の唯一の証人でもある）、それに対して女性は特色が無いままで、本当の意味では見られていなかったのである。にもかかわらず、ブレヒトがローザ・マリア・アマンとの恋愛関係を「想起した」ことが、最終的には承認されたようだ。その裏づけとなったのは、一九六六年にヴェルナー・フリッシュ（Werner Frisch）とK・W・オーバーマイアー（K. W. Obermeier）が、当時八〇歳のアマンに行ったインタビューである。アマンによると、たしかにブレヒトは彼女とは一緒にならなかったが、「七人の子どもをプレゼントする」(4)と約束していたと言う。この調査から、アマン自身の証言をもとに次のような推論がなされた。

ブレヒトはひとつの私的な体験から出発しており、それは後に付けられた新しいタイトルにも暗示されている。つまり、アウグスブルクの美容師の娘マリー・ローゼ・アマンとの情事についてである。彼女とは一九一六年にとあるアイスパーラで出会い、二年半の交際の後、妊娠する可能性をおそれて関係を終えた。(5)

またマルセル・ライヒ゠ラニツキ（Marcel Reich-Ranicki）も、いかにはかなくとも、雲というものが最終的に愛を象徴していると言う。

たとえ愛というものがいかにはかなかろうと、まったく消え去るものではない。記憶はとどまり続け、ひょっとすると感謝の気持ちも残るかもしれない。詩のタイトルが語っているのは、スモモの木でも雲のことでもなく、ひとりの女性である。ブレヒトは彼女のことを忘れはしなかった。彼女とあの九月の

マリー・ローゼ・アマン

体験が、彼の脳裏から消え去ることは決してないであろう。この詩は、まさに彼女に捧げられたものなのだ。(6)

『日記』の記述は、ふたりの性的出会いとはまったく異なる推論へと導く――ここでの記述はいわゆる「生《ライフ》」(その点では記憶ではない)であり――、必ずしも詩の内容が事実であると証明しているわけではない。しかしもっと重要な点がある。つまり歴史上のマリー・Aとの関係は、抒情詩の「私」と作者の「私」とが同一と見なされた場合にのみ、当てはめることが可能である。しかしこのような同一視は、前科学的とまでは言わないものの、近代的な文学理論の認識からすれば、きわめて疑わしいものである。今日では覆すことは不可能だとされるウンベルト・エーコ(Umberto Eco)の見解によれば、まさしく作者の権限――「到達できない作者の意図」(7)――が問題となる。要するに、「作者の意図」「作品の意図」「読者の意図」という三位一体が内包するきわめて不確かな要因が問題なのだ。それは原則的に検証できない。なぜなら、作者は自分で書いたテクスト――客観的探求が可能なもの――(エーコは彼の小説『薔薇の名前』(*Der Name der Rose*)で「自己実験」を行った)では、自分が意図したことを「変更する」必要などまったくなかったわけだが、それとは逆に、受容(読者の意図)が示すのは、作品は公表された後、作者の手から離れ、作者がまったく意図しなかった解釈を容認すること、また同様に、作者が意図したことが読者によって「認識され」る必要もないし、「認識され」ないかもしれないということである。「読者の意図」は、とにかくまだ確認できるという点で「作者の意図」に対して有利といえるが、それも「作品の意図」に照らし合わせてみた場合に限られる。「作品の意図」だけがエーコにとって判断の拠りどころとなり、解釈に境界を引き、場合によっては、根拠のないさまざまな解釈の誤りを論証させるのである。古くから経験的な「私」と叙情詩の「私」

は同一視されて来たが、それは――この間にすっかり時代遅れになった――反映論にまでさかのぼる。この理論によれば、詩作とは現実を「描写する」ことであり、また同時に（詩作する）人格の表現である。いつの間にか自伝にとってさえ「作者と読者の間の決まりごと」が必要となり、それにしたがって読者は作者のことを、意図的には「欺か」ない、というところまでは信用する。だが他の場合、社会心理学や神経学の分野では、記憶というものはまったく信用できないと認識されている。(8)

このことから「作品の意図」だけが、つまり詩の文言と形式だけが、実際に検証可能な科学的関心の「対象」でありえ、それと照らし合わせて分析できる不変的な関連づけをせねばならないと言えよう。テクストが解釈の正しさを確認せず、しかもこうした解釈が「明瞭」（一義的という意味において）である必要はまったくない（いや詩に関してはそうあってほしくない）とすると、それは単に推測としてのみ有効であり、したがって学問的に許容されるものではない。そうなるとやはり若干の疑念が生じずにはいられない。ブレヒトがある特定の女性のことを「思っていた」と、見なすことは可能なのか。しかし逆にテクストは告げている。抒情詩の「私」は彼女の顔を――一般的に人間の体で「最も個性的な部分」として理解されているが――、もはや思い出すことができないと。この矛盾は解明する必要がある。

先ずは「事実上の側面」から入ろう。ブレヒトは詩のタイトルによって、研究から推測され、問題なく承認されたローザ・マリー・アマンとの関係を「意図」していた、つまり、忘れてしまった顔とある特定の「恋人」の記憶との間の矛盾を、詩のテクストに新しいタイトルを与えることによって、表現することを「望んだ」、という解釈も十分に可能だ。またこの詩が第三課『歴代志』に組み入れられたことも、作者が意識的に、ただし追跡不可能なやり方で、道に迷わせようとしたことを物語っている。なにしろこのジャンルが暗示するのは、ひとりの（神聖な、あるいは重要な）人物の経歴が「叙述される」（このことは、その他の『歴代志』の一部については言えるが、『マリー・Aの思い出』には当てはまらない）ことなのだから。確認しておかねばならないのは、この矛盾が「作品の意図」の構成要素だということだ。当然ながらタイトルとジャンルは、ある特定の人物が「想起される」ことを示しているが、それに続く歌詞はその期待を裏切る。そこで想起されているのは、マリー・Aではなく、ただの一片の雲である。

伝えられている経験的事実をすべて検証し、はたしてブレヒトがつけたタイトルは、それらに合致しうるのかどうか考えてみたい。ここでもまた、否定的な結果となる。ブレヒトの『日記』の「マリー」に関する記述と、彼女が手紙のなかで言及したことを検証するだけでは、疑わしく思われたであろう。なぜなら、ブレヒトはそのマリーのことを、ローザ、ローズル、ローゼ、あるいはローゼマリーと呼ぶのがつねであり、決してマリーとは呼ばなかったからである。このことは、アマン家の系図の記述とも一致しており、そこでマリア・ローザはファーストネームとされているが、ローザの部分は呼び名としてアンダーラインが引かれている。他にもこの調査の結果を裏づけるものを挙げると、アウグスブルク市の西部にある霊園の墓石には、ローザという名前だけが刻まれている。(9)

これに対して、ローザの姉はマリアという名前だった。若きブレヒトは、姉に敬意を払って訪問したのだが、相手にしてもらえなかった。それでいわば「代用品」として、妹のほうで満足することにしたのである。これがそもそもの事実から得られる全容である。いずれにせよ、これらの事実はこれまでの研究の正しさを証明するどころか、逆に誤りを裏付けるものとなる。

それでは、もしブレヒトが詩のタイトルで手がかりを残したとすれば、それは（意識的に）見せかけの手がかりということになる――あるいはもう少しましな言い方をすれば、もし歴史的に実在の人物と関係していたと言うのなら、事実に即してみると、タイトルは少なくともふたりの女性を暗に示していたことになる。

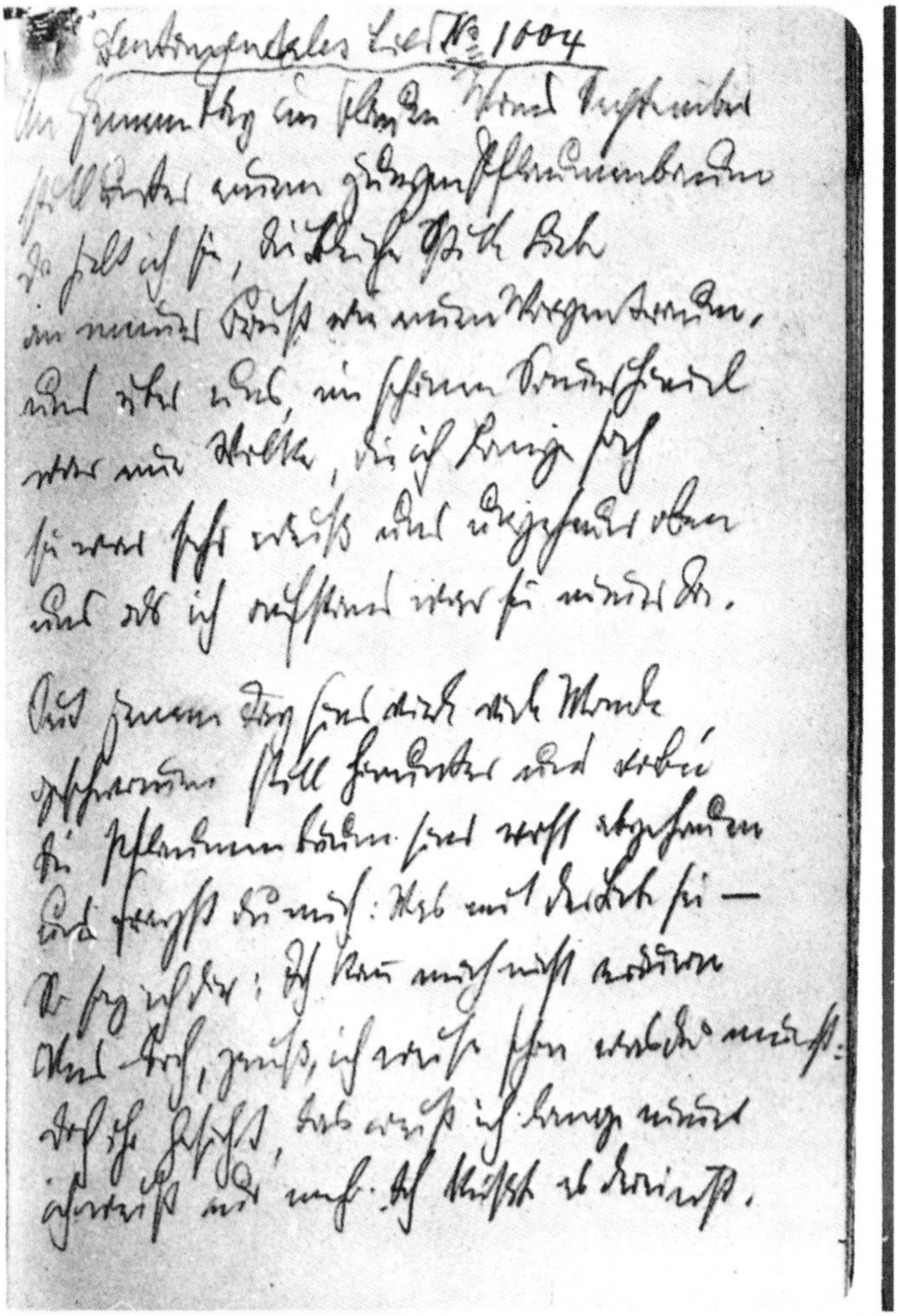
Sentimentales Lied № 1004

『マリー・A の思い出』草稿、『おセンチな歌。1004 番』

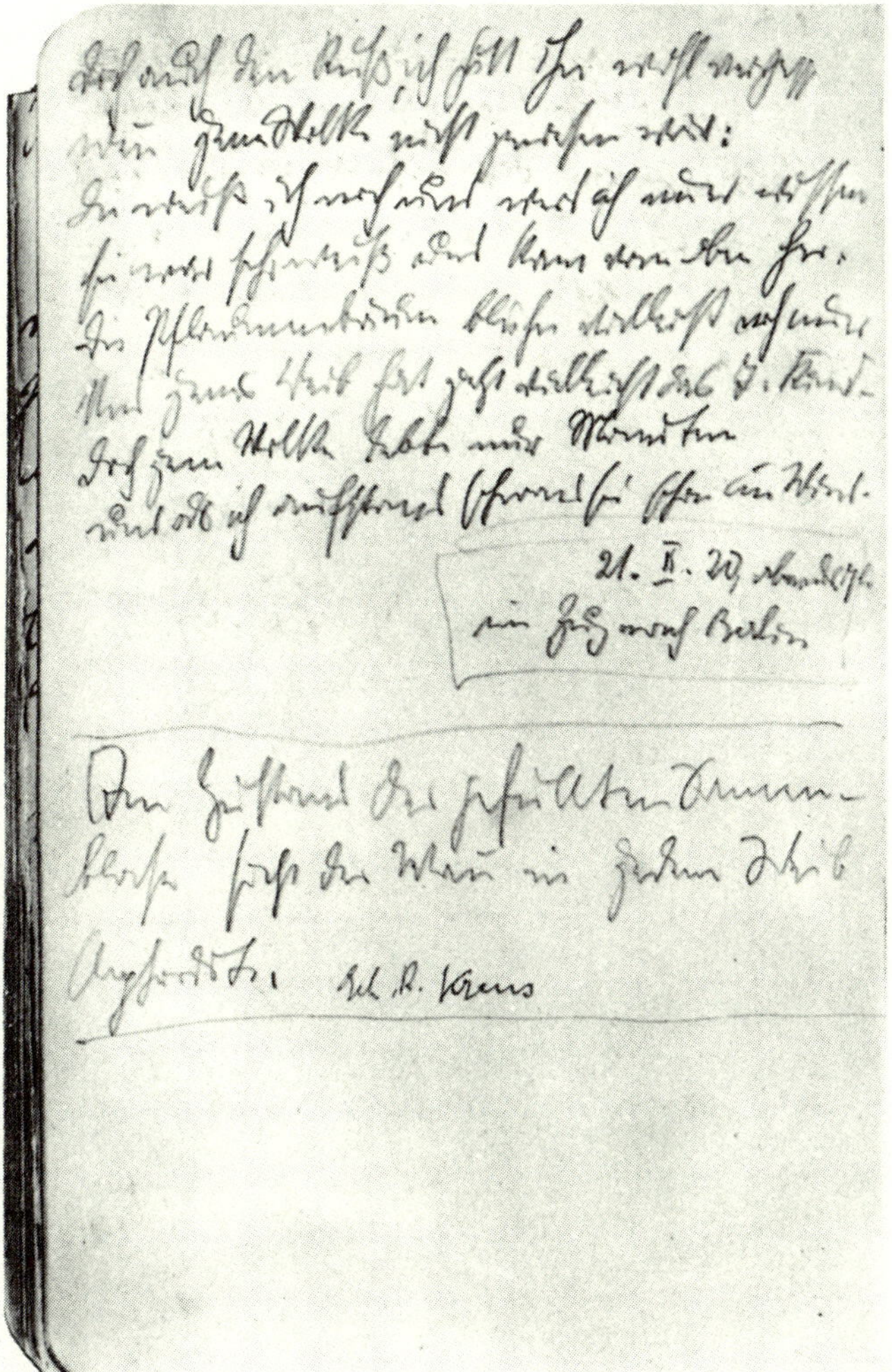

姉のマリアに関していえば、この詩には作者の代用品による満足を読みとれるし、また妹のローザに関していえば、彼女の屈辱が読みとれる。なぜなら、そもそも彼女はまったく「想定されて」いなかったのだから。いずれにせよ、ここからは恋愛詩など生まれない。

この結果は、ローザ・アマンが過去をふりかえり、詩の女性を自分だと考えたこととまったく矛盾しない。結局のところ、そのように世界文学に名をとどめることは、彼女にとってもまんざら悪い気はしない。それに詩の登場人物や美的なできごとが、意図的な欺きが示されることなしに、後になって経験的な生へと呼び覚まされるのは、初めてではないだろう。例えばクレメンス・ブレンターノ（Clemens Brentano）によって作り出された「魔女」ローレライが思い起こされる。それをブレンターノはライン河沿岸のバッハラッハの岩に腰かけさせ、ハインリヒ・ハイネ（Heinrich Heine）の詩や歌曲『ローレライ』（*Loreley*）が「生へと呼び覚ました」ために、後に伝説上の人物と見なされ（歴史的背景のある）、ハイネの詩は民衆詩に分類された[10]。しかしまた、ブレヒト研究が四〇年以上にわたって――そしてその一部は今日なお頑なに固執しているのだが――まったく疑念を抱かなかったのは、ブレヒトが愛の歌を捧げたのは、まさしくローザと呼ばれていたあのマリーであった、ということである。そして彼女は無条件に文学上の人物を「現実の生」へと呼び覚ましたのである。

したがって、私がこれから話そうとしている諸々の複雑な成立事情は、検証された詩のなかの実在人物に関する早まった推論がいかに脆いか、ということを明らかにするためであれば、とくに知る必要もない。知る必要性があるとすれば、この詩の美的な様式がとくに成功していると見なしうることや、またそれによってこの詩が持ち堪えうるもの、つまり時代を越えて生き続けるものであることを自ら実証している、ということを明らかにするためである。なぜなら皮相な伝記というのは、詩がもつ本来の美しさへの眼差しを狂わせてしまうからだ。

それでは、『マリー・Aの思い出』の成立背景について話そう。幸運なことに、われわれは一九二〇年のブレヒトの手帳を参照することができる。そのなかには詩が手書きされている。これが原本であることはほぼ間違いない。筆の運びから気付くのは、この詩がいともすらすらと流れるように書かれ、――韻律的にみても、例外となる最後から三行目（「今ごろあの女は七人もの子持ちかもしれない」）を除いては、五詩脚詩句のイアンボス（弱強格）として規則正しく確実に「組み立てられて」いることだ。『おセンチな歌。一〇〇四番』のドイツ語テクストを見てみよう。

An jenem Tag im blauen Mond September
still unter einem jungen Pflaumenbaum
da hielt ich sie, die bleiche stille Liebe
an meiner Brust wie einen Wiegentraum,
und über uns, im schönen Sommerhimmel
war eine Wolke, die ich lange sah
sie war sehr weiß und ungeheuer oben
und als ich aufstand war sie nimmer da.

Seit jenem Tag sind viele viele Monde
geschwommen still hinunter und vorbei

Die Pflaumenbäume sind wohl abgehauen
Und fragst du mich: Was mit der Liebe sei -
So sag ich dir: Ich kann mich nicht erinnern.
und doch, gewiß, ich weiß schon, was du meinst.
Doch ihr Gesicht, das weiß ich lange nimmer
ich weiß nur mehr: Ich küßte es dereinst.

Doch auch den Kuß, ich hätt ihn wohl vergessen
wenn jene Wolke nicht gewesen wär:
die weiß ich noch und werd ich immer wissen
sie war sehr weiß und kam von oben her.
Die Pflaumenbäume blühen vielleicht noch immer
Und jenes Weib hat jetzt vielleicht das 7. Kind -
Doch jene Wolke lebte nur Minuten
Und als ich aufstand schwand sie schon im Wind.

流麗な文書というものは、はっとさせるものだ。ここでわれわれは、さながらひとりの若き詩人の天才ぶりを問題とすべきだろうか。その詩人のペン先から、あまりにもしなやかに詩的な言葉が流れ出すので、もはやほとんどペンを置く必要すらなく、心に決めていた一編の詩が現実にもたらされたのだ、と。いや、もちろんそういうことが問題なのではない。秘密の種を明かそう。この詩はブレヒトが書き残すより前に、すでに歌えるような形で彼の頭のなかにこびりついていたのである。歌えるような形で記憶しておくには、旋律が必要である。それは実在していた。当時の流行歌として。

その歌は、ヒットしていたおセンチでロマンチックな流行歌『失った幸せ』(*Verlornes Glück*)である。もともとはフランスの流行歌で、レオン・ラロッシュ(Léon Laroche)の『君は僕を愛していなかった!』(*Tu ne m'aimais pas!*)に、シャルル・マロ(Charles Malo)が曲をつけた。一九世紀の一八七〇年代にこの曲は誕生し、二〇世紀初頭に当時サロン音楽で活躍していたレーオポルト・シュプロヴァッカー(Leopold Sprowacker)の編曲を通して、ドイツにやって来た。シュプロヴァッカーの編曲によってこの歌は大ヒットし、その人気はたいしたもので、次々と編曲がなされ――『プロイセンの騎兵軍楽』(*Preußische Kavalleriemusik*)からツィターのための楽曲に至るまで――、いくつかの編曲や模倣まで現れた。それでは最初の連をみてみよう、リフレインが用いられている。

So oft der Frühling durch das offne Fenster
am Sonntagmorgen uns hat angelacht,
da zogen wir durch Hain und grüne Felder.
Sag Liebchen hat dein Herz daran gedacht?
Wenn abends wir die Schritte heimwärts lenkten,
dein Händchen ruhte sanft in meinem Arm,
so oft der Weiden Rauschen dich erschreckte,

da hielt ich dich so fest, so innig warm.
Zu jener Zeit, wie liebt ich dich, mein Leben,
ich hätt‧ geküßt die Spur von deinem Tritt,
hätt‧ gerne alles für dich hingegeben
und dennoch du - du hast mich nie geliebt![11]

春が開かれた窓から、
日曜日の朝、僕らに笑いかけるたび、
森と緑の野原をめぐり歩く。
ねえ可愛い人、あのことを心に思ったことがある？
夕暮れどき家路を歩むとき、
きみの小さな手がやわらかに僕の腕で安らぎ、
柳のざわめきがきみをこわがらせるたびに、
きみを抱きしめた、いと強く、いと心熱く。
あの頃どれだけきみを愛していたことか、わが命よ、
きみの足跡にだって口づけしたことだろう、
きみのためならすべてを投げ出しただろう、
なのにきみは――きみは僕を一度だって愛してはいなかった！

カール・ファレンティン（Karl Valentin）は、この流行歌の大衆性にパロディふうに応じようとした最初の人物である。彼はこの歌を、一九一五年以来、彼のレパートリーの一場面に取り入れたのである。その場面は後に、それぞれに題がふられたファレンティンの連続場面集に入り（とくに『ティンゲル・タンゲル』*Tingel-Tangel* のなかに）、一九四一年の初版本では、二幕物の喜劇『下町の劇場』（*Theater in der Vorstadt*）の第一幕に出てくる。一人の女性シンガーが『失った幸せ』を大まじめに歌ったとき、ファレンティンはひっきりなしに彼女にちょっかいを出した。こうしてファレンティンは、そのおセンチな歌が低俗でくだらないことを暴露する。察するところ、ブレヒトはファレンティンを通じてこの歌と出会い、自分なりにパロディ化したいと思ったのだろう。

ブレヒトはこの流行歌の連構造、韻律、押韻形式をそのまま取り入れ、押韻形式にしたがってすべての連の第二、四行目と第六、八行目のそれぞれに韻を踏ませている。彼はリフレインをリフレインとしてそのまま用いることは無視した。だが詩の冒頭を言葉によって活気づけるため、出だしの言い回し<Zu jener Zeit>（あの当時）を<An jenem Tag>（あの日）に変え、第二連の最初の行では<Seit jenem Tag>（あの日から）にヴァリエーションして用いた。他にもブレヒトが連のテクストから拝借した言い回しは、<Da hielt ich sie>（あの娘を抱いた）（<Da hielt ich dich>（きみを抱きしめた）や<in meinem Arm>（ぼくの腕のなかで）がある。ブレヒトの詩の第二連にみられる<Du>（きみ）への問いの形での呼びかけは、流行歌のほうでは恋人自身への問いかけとなっており、これも同様にあらかじめオリジナルから拝借している。視点の変化は、流行歌ではリフレインによって目論まれているが、ブレヒトはそれに刺激を受けて、抒情詩の「私」に十分に距離をおいたところから愛の体験を回顧させようとしたのかもしれない。また流行歌のリフレイン部分の誇張された言い回しは、旋律的なクライマックスを形成しているが、ブレヒトの詩でこれに対応するのは、<Sie war sehr weiß und ungeheuer oben>（真っ白で、とても高くにあった）という行である。

内容的にブレヒトはいくつかまったく変えているが、原型をくずしてはいない。（よくある）「春」は「晩夏」に、「日曜日」は「ある日」に、「柳」は「スモモの木」に置き変えた。「散歩」の代わりに、ブレヒトは伝統的なロクス・アモエヌス（心地よい場所）を選んだ。それはすでに述べたように、原文ではより顕著に認められた。なぜなら、最初の連と第三連の結びの行で、「見上げた」（aufsah）を「目覚めた」（aufstand）と変形しているからである。

手帳に書き込まれた最初のテクストは『おセンチな歌』というタイトルがふられていた。それゆえに、タイトルにおいてもオリジナルと直接的に結びついている。ひとつの歌、それは自らを「おセンチ」とアピールし、読者、より正確には聞き手に対して、この歌詞をそれほど真面目にうけとる必要のない、まさしくお涙ちょうだいのキッチュなものであるとして、いま一度「愛」という古くも不屈のテーマを、親しみやすくパロディふうに示している。さらに「歌《リート》」というジャンルの称号がテクストの作為性を強調しており、「体験」やリアルな「記憶」から遠く離れ、それとは逆に、テクスト相互間の文脈が「想起された人物」を「文学化」し、実在の人物との関連すべてを断ち切っている。

ブレヒトはテクストに正確な成立時期を記入している。「一九二〇年二月二一日、午後七時、ベルリン行きの車中にて」とある。ヴェルナー・ヘヒト（Werner Hecht）が計算したところ、――その列車が時刻表通りに運行していたという前提から出発して――ブレヒトはこの詩をベルリンに到着するおよそ十分前に書いたはずだと言う。しかし、よりもっともらしい解釈もあり、ブレヒトがテクストの成立時期をいわば分刻みの正確さで記録したのは、彼が洒落っ気を出したからであって、この記入もこの歌の詩的な遊びに数えられるべきだと言う。

後にブレヒトはタイトルを補足し（筆跡の違いから認識できる）、『一〇〇四番』（*No. 1004*）と書き加え、さらに――二本の横線で頁全体を消して――さらに次のようにつけ加えた。「男は性欲が昂じるとどんな女もヴィーナスに見える。G・R・クラウス」。ブレヒトがクラウスという名前でだれを暗示しているのかは（まだ）知られていないが（カール・クラウス **Karl Kraus** でないことはほぼ確実である）、この追記は、この詩にきわめて詩的でないコメントを加え、したがって再びはっきりと、この詩をありきたりの愛の詩として読んだり、それを作者の恋愛体験と結びつけることに対して、警告を鳴らしている。というのは、コメントが述べているのは、性的欲求の充足が問題であるときは、「それ」がどの女性であっても、かまわないということなのである。

それにおとらず明白なのが、表題に補足された数字である。この数字はすぐにあの一〇〇三人の恋人の数と結びつく。ドン・ジョヴァンニはヴォルフガング・アマデウス・モーツァルト（**Wolfgang Amadeus Mozart**）の同名のオペラで、スペインだけでもこれだけの数の恋人を持っていたとされる。この数字は、そのばかげた多さによって伝説となったのである。ドン・ジョヴァンニの従者レポレロが彼の記録のなかで主人の情事について告げている（第一幕第五場）。一〇〇四番目の恋人によってブレヒトは「先輩」の数にぴったりと続き、彼を追いぬく（これもこの作品の詩的な遊びのうちである）。ブレヒトは、一九一六年六月のテレーゼ・オストハイマー（**Therese Ostheimer**）あて書簡から明らかなように、モーツァルトの音楽を遅くともこの時点までに知ったのであり、それをはっきりと肯定し、リヒャルト・ワーグナー（**Richard Wagner**）と対立させたのである――「モーツァルトだ（ワーグナーでなく）」[12]。他にもある。この恋人の数をあらわす高い数字は、最初からそれぞれ個別の女性を消去し、抒情詩の「私」に――またもやドン・ジョヴァンニを手本として――ナルシストとしての資格を与えたのである。この「私」はただ自分自身を愛してきたのであり、「愛の体験」そのものにおいてもすでに女性をまったく知覚しない（セックスは最も面倒な自慰行為の一形式なのである）。ここでも結論は、テクストからブレヒトの恋人との個人的な関係は、これっぽちも認められないということだ。次の（そして明らかに検証可能な）相互関連テクストはこの詩をまた違った、文学と音楽における伝統的諸関連のなかに置くが、それは作者の伝記から遠く隔たっている。

二度の「見上げた」は、初稿に対して重大で美的な修正を意味しており、抒情詩の「私」と雲との関係のみを強調し、恋人とのそれではない。こうして見ると、あのさりげなくもいんぎん無礼な口調をもって、「私」は愛についての問いを退けるのだが（第二連）、そのような口調は詩のすみずみの行に伝染する。どちらにせよアイロニカルに屈折した感傷性が際立っており、それによって少なくとも微かながら不真面目さを獲得するのである。ハンス・ライマン（Hans Reimann）は、一九二八年にこの歌をカーテ・キュール（Kate Kühl）が歌うのを「驚き」をもって聞いたが、このことの正しさを認めている[13]。なぜなら、彼は自らの記憶のなかで「感情過多」や「キッチュによせる喜び」について話しているが、そういったものだけがブレヒトを『失った幸せ』のこしらえものに、新しく歌詞をつけるよう突き動かすことができたであろう。

この歌がこれほどまで勘違いされ得たのは、第一に音の響きの素晴らしさのおかげである。それは旋律なしでもすでに、ひとつの調和のとれた詩の音楽と言えるほど、よい響きを持つ。すでに最初の二行に音声上際立つ、‹au›という二重母音（‹im blauen Mond›と‹Pflaumenbaum›）が見られる。‹Mond›の‹o›の音は‹holden Traum›のなかに、――ここで‹blau›と‹Pflaumenbaum›の‹au›の音と結びつき、――‹Sommerhimmel›, ‹Wolke›, ‹oben›のなかに取り入れられる。よく似たことは、母音‹i›やその他の音についても示すことができる。

また連の境界を越える言葉の共鳴に繰り返し出会う。すべての連に現れる‹Plaumenbaum›（スモモの木）だけでなく、第一、三連の<Wolke>（雲）、三度繰り返される<still>という単語も同様である。他にもごくわずか変化させた首句反復がみられる。これらは、<An jenem Tag>（あの日）（第一連）、<Seit jenem Tag>（あの日から）（第二連）、<Sie war sehr weiß>（とても白かった）（第一、三連）、<Und als ich aufsah>（見上げると）（第一、三連）に見られる。その他の首句反復、<Doch ihr Gesicht>（でもあの娘の顔は）（第二連）や<Doch jene Wolke>（でもあの雲は）（第三連）によって、忘れてしまった「顔」の「雲」への投影が、形式的にも非常にはっきりと強調されている。ブレヒトは後に、この二つの単語を組み合わせて<Gewölkegesicht>という造語をつくり、詩のなかで恋人の消えゆく顔を表現している。「もう一度彼は、彼女の顔を見る。雲のなかに！／それはもうすっかり色あせていた[14]」。

その他に際立っているのは、いくつもの頭韻である。とりわけ子音<w>が明確であり、<Wolke>、<weiß>、<wohl>、<Wind>に表れる。この音は全ての連のなかで繰り返されているが、そこで<weiß>は形容詞（色を表す単語）と動詞<wissen>として存在し、それによって両方の意味が重なり合うのである（とりわけ洗練されて）。さまざまな半韻が、脚韻以外にさらなる音響上の調和を与えている。例えば、<(Sommer)himmel>、<nimmer>、<immer>などがあり、また最後には、<ich weiß schon>、<das weiß ich>、<ich weiß nur mehr>（第二連）といった対句法にまでおよぶ。

それに加えて、テクスト本文の「騙し」というものがある。これが読者を惑わし、伝記的な背景をもった恋愛詩の感傷へと、騙して引き入れるのである。これは最初の連から始まる。原典から「あの日」という言い回しを拝借する。そう、あたかも「親愛なる読者」が「あの」日に起こったことをすでに打ち明けられ、「あの」日に何が起こったのかを、知っているかのようである。というのも、「あの」（jener）という代名詞は遠く離れた時を示しているため、それは想起され、まるですでに読み手にも知られているかのようだ。したがって、読者は文字通り詩のなかに「引き入れられた」のである。

次なる「騙し」は「青い月」である。「青」(blau) という色は、月に関していえばまったく自然に反しており、むしろ至って作為的である。しかしそれは感情に働きかける価値を持ち、スモモの木 (Plaumenbaum) と(音声的にも)対応している。またスモモは確かに(ふつうは)青い。それに加えて、スモモの木はその果実を介して性的な連想をさせ、この青という色は、ロマン主義に由来する小道具としても、感情に応じて心に訴えかけるものである。「青」は「リアルな」関連を詩のコンテクストのなかで示さず、それゆえに内容的にも奇妙かつ曖昧であり続けることは、まったく別として。しかしそれでもなお、読まれたり聞かれたりするテクストのなかに、規則どおり書き入れられるのである。

「月」という概念を天体とみなすことは自明であり、そのような連想はいわば「ノーマル」である。しかしこれが、次なる「騙し」であることが判明する。詩の「ノーマル」な読者は——すでに表題によって——、先ずこの概念を勘違いし、要するに、月を連想することを余儀なくされる。これはわれわれ誰しもがそこに立っているような、伝統的、文化的コンテクストによってもたらされ、いわば自動的にそうなってしまう。しかしそれによってこのテクストは、月に関する伝統的な含意といったものに結びつく、さらなる感情的価値を作り上げる。とはいえ、月は叙情詩において愛とセックスの象徴としての位置を占めている。「九月」という言葉によって、ようやく読者は「月」という語の場合は、時代遅れな(またすでに先史時代的な)「[暦の]」月」という称号にかかわる問題であることが(例えばルターにおけるように)、明らかになる。しかしこの解明よりも、詩行のなかへとロマン主義的に「ゆらゆらと入り込むこと」のほうが先行するので、読者はすでに最初の行から愛の詩を読むよう唆される。そのようなものはまったく提示されていないのだが。

第二連の始まりは、またしてもそそのかされて、第一連の雰囲気的なものを受けとる。月が「流れていく」

とし、それによって月のもつ天体としての（まさにニセの）イメージが復活し、あるいは余儀なくそうさせられ――「いくつもの」月という表現によって――、さながら、今や世界全体が「美化された」かのようである。イメージというのは非常に強く訴えるものだが、より厳密な検証においては、不確かで曖昧――もしくは同様に、まったく詩的ではない――ことが判明する。というのは、いくつもの月が「静かに沈み、流れ去って」行くとは、要するに長い時間の経過を意味するに他なく、またしてもかなりの不確かさが残るのである。抒情詩の語り手が終始一貫して明言するのを拒否していることは、妙にすべての連で言及されるスモモの木が、それを証明している。それらは第一連においては明らかに、自然主義者的なロクス・アモエヌスの舞台装置としてあるため、その「存在」は少なくともテクストから「確か」であるとみなされる。しかし第二連では、抒情詩の「私」は、長い時が過ぎ去ったため、木々は「たぶん」切り倒されてしまったろう、と推測するだけである。そこで今やひとつの――またもやまったく詩的でない――議論が挿入される。それは読者を規則通りに突き動かし、愛と愛に関する見解に即して批判的にテクストに向かわせる。このような議論は、必ずしも明確さにおいて際だっているわけではないが、明らかにスモモの木にはなじまない。第三連の「香しい」言葉に込められた感情的価値は、第一連のもつイメージに帰するが、それがまたしても雰囲気を要求し、抒情詩の語り手はとにかくスモモの木を「咲かす」必要があるのだ。もちろんここでもただの推測にすぎないのだが。

こうしてこの詩は伝統的に形成された雰囲気で始まる。こうした雰囲気は、詩を直に体験するような気持ちにさせ、それによって読み手を「感動させる」。詩は愛という「永遠の」テーマを内容とし、音の響きによる効果をもたらされ、完璧にその場に居合わせたような気分になる。こうして道に迷い込んだ人は、いわば感情の陶酔に浸りこむ。そしてその時――距離が十分にとられていないため――当然ながらもはや認識することができない。この詩が最初から最後まであの「偉大な」テーマを持ち続け、また――望まれれば――決定的にイルージョンを破壊するということを。

ハンス・ライマンの回想録が証言するところによると、最初ブレヒトは、流行歌のもともとの旋律をそのまま用いていたが、平行して新しい曲が作られていたらしい。それはフランツ・セルヴァティウス・ブルニエ（Franz Servatius Bruinier）による自筆の二つの楽譜のことである。ブルニエは作曲家で、ブレヒトとは一九二五年一一月に知り合った。最初の譜面はピアノの楽譜として書かれ、「昔のメロディーにならって」とメモされている。ブレヒトは前もって原曲に変更を加えた旋律をブルニエに渡しており、彼がそれを新しく編曲した。ブルニエが二つ目の曲を作ったのは、一九二七年のことで、それには一月一〇日と日付がふられている。両方の楽譜に同じく『マリー・Aの思い出』とタイトルがつけられており、まさしくこの新しい曲がもつ作為的な魅力ゆえに、またしても「騙し」の手がかりへとわれわれを迷い込ませるのである。[15]

どうやらもう少しの間は、このまま行きそうである。

（岡野彩子／伊藤幸子　訳）

注

（1）Zitiert wird nach: Bertolt Brecht. *Werke. Große kommentierte Berliner und Frankfurter Ausgabe* [in 30 Bänden und einem Registerband]. Hg. von Werner Hecht, Jan Knopf, Werner Mittenzwei, Klaus-Detlef Müller. Frankfurt a.M. 1988-2000. Zitiert als GBA, Bandzahl, Seitenzahl. Hier: GBA 11, S. 92f.

（2）GBA 26, S. 140.

（3）Nach dem Nachlass im Bertolt-Brecht-Archiv, BBA 1066f.

(4) Werner Frisch / K.W. Obermeier: *Brecht in Augsburg*. Berlin und Weimar 1975, S. 91-93.

(5) Fritz Hennenberg: »An jenem Tag im blauen Mond September...«. Ein Brecht-Gedicht und seine musikalische Quelle. In: Neue Zeitschrift für Musik 7/8 (1988), S. 24-29. Vgl. Ders.: Brecht-Liederbuch. Frankfurt a.M. 1985, S. 376-379.

(6) Marcel Reich-Ranicki: Erinnerung an die Marie A. In: Ders. (Hg.): *Bertolt Brecht. Der Mond über Soho. 66 Gedichte mit Interpretationen*. Frankfurt a.M. 2002, S. 37-40, hier S. 39f.

(7) Umberto Eco: *Die Grenzen der Interpretation*. München, Wien 1990, S. 158 und passim.

(8) Vgl. Harald Welzer: *Das kommunikative Gedächtnis. Eine Theorie der Erinnerung*. München 2002. Eine Besprechung in der Wochenzeitung Die Zeit schloss aus Welzers Untersuchungen sogar, dass das ganze Leben nur >eine Erfindung< sei (Martina Keller am 18.3.2004), was wiederum eine typisch idealistische Übertreibung darstellt; es reicht bereits der Sachverhalt, dass Erinnerungen prinzipiell ungenau sind und in der Tendenz >schönen<. Dass >gelebt< wurde, muss dabei vorausgesetzt werden. >Was< sollte denn ansonsten >erinnert< werden?

ヴェルツァーの研究によれば、人生というのはただの虚構に過ぎず、そこからは典型的に理想化された誇張が描き出される。思い出というのは原則的に不確かなもので、美化される傾向にあるという事実を示すだけで十分である。生きたということがその際、前提とされなければならない。それ以外、何を想起しろというのか？

(9) Jürgen Hillesheim: *Bertolt Brechts Augsburger Geschichten. Biografische Skizzen und Bilder.* Augsburg 2004, S. 90-92 (auch für das Folgende).

(10) Wolfgang Minaty (Hg.): *Die Loreley. Gedichte – Prosa – Bilder. Ein Lesebuch.* Frankfurt a.M. 1988. Es gab immer

wieder Pläne, die Loreley als Skulptur auf den Rheinfelsen bei Bacharach zu >setzen< (glücklicherweise blieb es bei den Plänen). Da die Figur und das Lied bereits so >volksläufig< geworden waren, mussten die Nazis, die ja Heinrich Heines Namen ausgemerzt hatten, den Text als »Volkslied« (leider erfolgreich) deklarieren.

ローレライの彫像を、バッハラッハ近くのライン川の岩の上に置くという案が何度も浮上した（幸いまだ計画のままだが）。この人物像と歌が人口に膾炙したので、ハインリヒ・ハイネの名前を抹殺したナチスがこの歌のテクストを「民謡」（国民歌）として（残念ながらとても成功した）宣言した。

（11）Valentin, Karl: *Sämtliche Werke. Bd. 5. Stücke.* Hg. v. Manfred Faust [u.a.]. München 1997, S. 15f.

（12）GBA 28, S. 21.

（13）Reimann, Hans: *Literazzia. Ein Streifzug durchs Dickicht der Bücher.* München 1952. Bd. 1, S. 58f.

（14）*Ballade vom Tod des Anna Gewölkegesichts* in: GBA 13, 235f.

（15）Vgl. Hennenberg 1985 (wie Fußnote 5).

『あとから生まれてくるものたちへ』
――ブレヒトとハンス・アイスラー――

市川　明　Akira Ichikawa

はじめに

本論は詩と音楽がどのように結び合い、共生していくかを探る試みである。選ばれたのはブレヒト（Bertolt Brecht, 1898-1956）の代表的な詩『あとから生まれてくるものたちへ』（*An die Nachgeborenen*）で、ハンス・アイスラー（Hanns Eisler, 1898-1962）が曲を付けている。ブレヒトが自作の詩を朗読することは余り多くないが、この詩には作者の朗読ＣＤがある。ルート・ベルラウ（Ruth Berlau）の尽力により、一九五三年一一月に収録した（Hecht: 1086）ものだ。マックス・フリッシュ（Max Frisch）は一九四七年にチューリヒでブレヒトと出会い、翌年四月に作者自身の朗読を聞いている。「訛りの混じったささやくような声で、正確に韻律を刻み、抑揚を抑えて淡々と朗読する」（Frisch: 225f.）様子に、フリッシュは感動したという。[1]まず詩を見てみよう。

あとから生まれてくるものたちへ

1

本当に僕は暗い時代に生きている！
無邪気な言葉は愚かに響く。つややかな額は
何も感じないしるし。笑っている人は
恐ろしい知らせを
まだ受け取っていないだけだ。

なんという時代だ。今は
木々について語ることは犯罪に等しい
それは多くの悪行に口を閉ざすことだから！
平然と街路を横切る人は
苦境にあえぐ友人と
心を通わすことはないだろう。

確かに僕はまだ飯には不自由していない。
でも嘘じゃない、それはただの偶然だ。仕事を見る限り
腹いっぱい食べる資格なんて僕には何一つない

たまたま運がよかっただけだ。（運が尽きればおしまいだ。）

みんなから言われる、飲んで食え！ものがあるのを喜べ！と。
でもどうして食べたり飲んだりできるだろう、今
食べているものが飢えた人から奪い取ったもので、今
飲んでいる水が喉の渇いた人には届かないというのに。
それでも僕は食べ、飲む。

できれば賢く生きたいと思う
昔の本には書かれている。賢明さとは何かが
世の中の争いから身を遠ざけ、短いときを
安穏と生きること
暴力と無縁でいること
悪には善をもって報いること
欲望は満たすものではなく忘れるもの
これが賢い生き方だという。
僕にはどれ一つできない。
本当に僕は暗い時代に生きている！

2

混乱の時代に僕は都会に出てきた
飢えが広がる時代に。
暴動の時代に僕は世間に飛び出た
人々とともに反乱を起こした。
こうして僕のときが流れた
僕に与えられた地上のときが。

戦闘のあいまにものを食べ
人殺しに混じって眠り
何も考えず恋にふけり
自然を見てはいらだった。
こうして僕のときが流れた
僕に与えられた地上のときが。

僕の時代、行く手は泥沼へと続く
言葉が災いして、命の危険にさらされた
できたことはほんのわずか。でも支配者どもの
居心地を少しは悪くさせたろう。

こうして僕のときが流れた
僕に与えられた地上のときが。

力は弱く、目的地も
はるか遠くだった。
はっきり見えていたが、
僕には行き着けそうにない。
こうして僕のときが流れた
僕に与えられた地上のときが。

3

僕らが沈んでいく大波から
浮かび上がってくるだろう君たちよ、
思え
僕らの弱さを語るとき
君たちが逃れ出た
暗黒の時代のことも。

事実僕らは靴よりも頻繁に国をかえて

絶望しながら、階級の闘いをくぐり抜けてきたのだ
不正のみがあって、怒りが影を潜めた時代に。

それでも僕らは知っている
下劣なものに対する憎しみですら
顔を歪めることを。
不正に対する怒りですら
声を汚すことを。ああ、僕ら
友愛の地を作ろうとした僕らは
自分では友愛を示せなかった。

でも人と人とが手を差し伸べあう
時代が訪れたとき、君たちよ
思え、僕らのことを
広い心で

(GBA 12, 85ff.)

1　ブレヒトとハンス・アイスラーの共同作業

ハンス・アイスラーは生涯、二〇〇以上のブレヒトのテクストに曲を付けている。彼の曲は今日ではクル

ト・ヴァイル (Kurt Weill) ほど知られていないかもしれない。だがアイスラーは他のどの作曲家よりも長く、しかも集中的に、詩人であり、劇作家であったブレヒトと共同作業をした。慣習に囚われない二人の創作方法はいくつかの伝説的なエピソードを生み出した。ブレヒトに関する様々な質問に対し、アイスラーはユーモアに満ちた語りで答え、それをテープに録音させている (Eisler/Bunge)[2]。アイスラーの証言は時々矛盾にもぶち当たるが、ブレヒトのことを尊敬に満ちた態度で語り、貴重な資料となっている。

ブレヒトがマルクス主義者かどうかという質問には、それはスコラ的で難しいとしたうえで、一般的にはマルクス主義者と言えるかもしれないが、むしろレーニン主義者であると答えている。レーニンの論考「高い山に登ることについて」(Lenin: 33, 88) をブレヒトが愛読し、絶賛したとアイスラーは言う (Eisler/Bunge: 123)。ブレヒトは『転換の書』(*Buch der Wendungen*) の、「高い山に登ることについてのミ・エン・レーのたとえ話」(GBA 18, 60) でレーニンの教えを紹介している。ミ・エン・レーという中国風の名前で登場したレーニンは、革命という大事業を山登りにたとえ、達成するには前進だけでなく、ときには後退する勇気も持たねばならないと説く[3]。ブレヒトがレーニンから学んだのは、原則を曲げない毅然とした態度と、敵に打ち勝つための狡知・策略であった。ファシズムの時代にあってブレヒトは実践家レーニンからより多くの影響を受けたのかもしれない。

アイスラーの作品と生涯は、四つの時期に分けられる。第1期はウィーンでの修業時代と初期作品の時期で一九二五年まで、第2期はベルリン時代にあたるワイマール共和国後半期で二五年から三三年まで、第3期は主にアメリカで過ごした一五年間の亡命期で三三年から四八年まで。第4期は東ベルリンで暮らした四九年から六二年までである (ベッツ　一三)。こうした区分は同時代を生きたブレヒトとほぼ符合する。青春時代をアウクスブルクとミュンヘンで過ごしたブレヒトは、二四年にベルリンに出てきて、アイスラーと

ハンス・アイスラー『かのブレヒトと私』（CD、2006 年）

ほぼ同時期に亡命し、東ベルリンに帰還しているからだ。二六年にブレヒトはマルクスの『資本論』（*Das Kapital*）を読み、大きな転換期を迎えるが、この年がブレヒトの第2期の始まりと考えていい。一方、ヴェーベルン（Anton Webern）、ベルク（Alban Berg）と並び、シェーンベルク（Arnold Schönberg）の高弟だったアイスラーも二六年に師と決別し、芸術の新たな可能性・有用性を探り始めている。

アイスラーの成長にとって最も重要だったのは「黄金の二〇年代」と呼ばれるワイマール期である。彼はそこで三つの大きな革命を体験する。①ロシア社会主義革命によって引き起こされた社会変革と労働運動の高揚、②シェーンベルクによる無調性と十二音技法を使った音楽の革命（もちろんアイスラーは師匠と違って何よりも音楽の社会的機能を重視したが）、③ラジオ放送、レコード、トーキーなど新しいマスメディアによる芸術革命である（Mayer, G.: 10 参照）。ブレヒトの教育劇の実践は、「ラジオという新しいメディアの技術的、教育的可能性を探る論議と深く結びついている」（Lucchesi/Shull: 29）。「複製技術時代」の到来を招いた芸術革命をアイスラーの領域に引き込み、新たな地平を切り開かせたのはブレヒトであった。

アイスラーはブレヒトとの出会いを、一九二二年、ベルリンのソ連・ウクライナ大使館だとする。レセプションに招待されたアイスラーの兄がアイスラーを連れて行き、そこで自作の『死んだ兵士のバラード』（*Ballade vom toten Soldaten*）をピアノで弾き語りするブレヒトを見かけたと述べている（Notowicz: 181）。しかしこれはアイスラーによくある思い違いで、ブレヒトがベルリンに移ってきた直後の一九二四年の秋らしい。[4] 一九二五年にアイスラーがベルリンに定住するようになってからは、ブレヒトとはよく芸術家酒場の「シュリヒター」で顔をあわせたと言う。ベルリン・ダダのグループをはじめ、左翼的な芸術家がたむろするサロンで、ヴァイルやブレヒトも常連客だった。二人の共同作業の端緒はここで開かれた。

教育劇『処置』（*Die Maßnahme*）は学校オペラ『イエスマン』（*Der Jasager*）の反対劇として作られた。『イエスマン』は能『谷行』に基づいて作られた作品だが、主人公の少年が大法に従い、死に同意するというストーリーは、すでに一九三〇年六月の初演前にブレヒトの友人たちから拒否された（HB 1, 255）。ブレヒトに反対劇を書く決断をさせたのは、アイスラーが『イエスマン』を「（ヴァイルの音楽は非常にすばらしいが）ばかげた封建的な作品だ」（Notowicz: 191）と酷評したことだった。『処置』の仕事でブレヒトの政治的、芸術的発展の新しい段階が始まった。

ブレヒトは次のように述べている。「私の考えでは現代音楽の可能性を切り開くものとして、叙事詩的演劇のほかに、教育劇があげられる。教育劇のモデルとして、ヴァイル、ヒンデミット（Paul Hindemith）、アイスラーが非常に面白い音楽を書いた。ヴァイルとヒンデミットは共同で、学校用ラジオ教育劇『リンドバーグの飛行』（*Der Flug der Lindberghs*）のために曲を書いた。ヴァイルは学校オペラ『イエスマン』、ヒンデミットは『了解についてのバーデン教育劇』（*Das Badener Lehrstück vom Einverständnis*）、アイスラーは『処置』のために音楽を作った」（GBA 22, 164）。こうして教育劇に未来の演劇を見出そうとする劇作家ブレヒトと、前衛的な音楽を独自に発展させようとする作曲家ハンス・アイスラーが出会い、政治的芸術の最前線ともいうべきオラトリオ『処置』が誕生した。

「音楽に生きる者は、政治に場を持つべきではない」という師、シェーンベルクに対して、弟子のほうから破門状を叩きつけたアイスラーだったが、彼にとって重要なのは音楽の技法ではなく、音楽の社会的機能を変えることだった。アイスラーは労働運動に直接関わり、芸術面でも政治面でも何よりも実践の人であった。文学通であり、独自の理論で政治と芸術を統合しようとするアイスラーに、ブレヒトはヴァイルやヒンデミットとは違った新しいタイプの音楽家を認めていた。

ブレヒトは「教える人より、学ぶ人」だったとアイスラーは述べ、二人の共同作業を回想している。「私は『処置』を作るため、［一九三〇年にベルリンで］半年間、毎日朝九時から昼の一時まで彼のアパートで膝を突き合わせていた。――その際ブレヒトがテクストを書き、私が各行にわたって批判を加えた。他の人だったら私を放り出すか、そうでなければこう言っただろう。『よく聞きなさい、私はこんな風に作業はできない』と。だが私の批評・批判がブレヒトを仕事へと駆り立てたのだ」(Notowicz: 189f, Eisler/Bunge: 105)。詩人（劇作家）と音楽家が、最初の批判者として様々な提案を行い、二つの芸術を統合するという理想的な形態が打ち立てられたのだ。

亡命中でも一旦確立した作業方法はほとんど形を変えずに続けられた。アイスラーは回想する。「私はデンマークのフューン島の海岸近くのある冬の時期を思い出す。そこで午前中に私の家で、――ウィーンでは人は私のことを『荒くれ』と呼んだが――私が作曲し、『荒くれ』ブレヒトが詩行を書いた。［…］俗物がわれわれを見たら言うだろう。二人とも本当に狂人か馬鹿だと。われわれはわれわれを信じていただけでなく、二人をつなぐ事柄を信じていたのだ」(Eisler/Bunge: 72)。戯曲『母』(*Die Mutter*)でも歌われた「第三の事柄」[5]、すなわち共通の事柄とは、ブレヒトとアイスラーがその実現のために身を捧げた社会主義であった。彼らが目指した社会主義は次第に遠のき、その姿を変えてしまったが、それでも二人の共同作業は終わることはなかった。

アイスラーがアメリカに旅立ってから四年半、二人は離れ離れだったが、コンタクトは途切れなかった。ブレヒトは新しく書いた詩をアイスラーに送り続け、アイスラーも三九年に出来上がったばかりの『スヴェンボリ詩集』の中から何曲か、十二音技法を用いて作曲している。『箴言 一九三九』(*Spruch 1939*)、『亡命の期間について考える』(*Gedanken über die Dauer des Exils*)、『避難所』(*Zufluchtstätte*)などである。ブレヒトはアイスラーとの生産的な共同作業を懐かしみ、彼がいないことを寂しく思っていた。『作業日誌』

ブレヒト（右）とアイスラー（1930年）

（*Journale*）にブレヒトは次のように記している。「アイスラーに会うと、どこかの雑踏をぼんやりとよろめきながら歩いているとき、突然昔の愛称で呼び止められたような気分になる」（GBA 27, 85）

サンタ・モニカで二人は再会するが、以後四二年から四七年にかけて『シュヴェイク』（Schweyk）や『ガリレイの生涯』（*Leben des Galilei*）の劇中ソング、『ハリウッド悲歌』（*Hollywoodelegien*）などが生まれた。ドイツに帰還してもブレヒトは、当時ウィーンにいたアイスラーを再三ベルリーナー・アンサンブルの舞台音楽のために呼び寄せ、やがてアイスラーもベルリンに居を定める。その間、作曲家のパウル・デッサウ（Paul Dessau）やクルト・シュヴェーン（Kurt Schwaen）と共同作業をしていたブレヒトだが、この古い友だち、同志なしにはやっていけなかった。アイスラーは劇場の片隅でピアノを弾きながら、何時間にも渡ってブレヒトにウィーンの歌を歌って聞かせたという。ブレヒトは音楽の洪水に飽きることもなく、こうした音楽から青春時代の音楽体験や、彼の詩作の原点を思い起こしていたのかもしれない。

亡命という困難な時期はあったものの、二人は知り合ってから可能な限り近くで暮らしてきた。デンマークでは共同作業のため、アイスラーはほんの数分の距離を歩いて、ブレヒトはいつも車で、たがいの家にやって来た。アイスラーはタバコを次々に吸い、ブレヒトは一本の葉巻をくゆらせながら、仕事をした。作業の実態で明らかなことは、出来上がったものを直ちに検討し、双方が多くの提案をしたということである。ブレヒトはアメリカ時代の『作業日誌』で、アイスラーを次のように評する。「戯曲にとっての上演と同じで、僕（の詩）にとって彼の作曲は試験だ。彼は詩を恐ろしく精密に読む」（GBA 27, 116）。日誌にはアイスラーが作曲を通して、ブレヒトの前で彼のテクストをどのように改変したかが具体的に記されている。アイスラーとブレヒトの共同作業は二〇世紀にはまれな幸せなケースの一つで、それによって文学と音楽を総合した豊かな芸術が生み出されたのだ。

2　詩『あとから生まれてくるものたちへ』

ブレヒトの詩のなかでおそらく最も有名な『あとから生まれてくるものたちへ』は、デンマークに亡命中の一九三四年から一九三八年にかけてスヴェンボリの「わら屋根の下」で書かれた。一九三九年六月一五日にパリで発行されていた『新世界舞台』（*Die neue Weltbühne*）に掲載されている。この詩はもともと三つの独立したパートからなっており、第2部がまず一九三四年に出来ている。「後世へ広い心を求む」という題の第3部は一九三七年ころに完成した。第1部が出来たのは、その後である。

一九三七年にまだ『亡命詩集』（*Gedichte im Exil*）という表題で出版を予定していた『スヴェンボリ詩集』（*Svendborger Gedichte*）の最初のタイプ原稿では、2部構成になっている。『スヴェンボリ詩集』では第3

部に当たる「あとから生まれてくるものたちへ」が「生き残ったものたちへ」という題で最初に来て、同じく第1部の「本当に僕は生きている」が次に来る。最初に完成した第2部は姿をとどめていない。全集（マリク出版社）のプラハ組版で初めて三部構成の『あとから生まれてくるものたちへ』というまとまった一つの詩となり、『スヴェンボリ詩集』の最後を飾る詩として収められた。

このプラハ組版はドイツ軍が一九三九年三月にチェコ・スロバキアに侵攻する直前に、理由不明のまま破棄された。出版者のヴィーラント・ヘルツフェルデ（Wieland Herzfelde）はすでに一九三八年一〇月二四日にプラハからジュネーブ経由でロンドンに亡命していた。それでも組版とゲラ刷りは残されていたので、ルート・ベルラウの奔走によりコペンハーゲンで限定版として出すことが可能になった。ヘルツフェルデの協力は得られなかったが、出版地としてロンドンが表示され、マリク出版社から発行予定の詩集の先行出版だという但し書きが添えられた。

一九三三年二月二八日、国会議事堂放火事件の翌日にブレヒトはナチスの手を逃れ、ドイツを去らざるをえなかった。ドイツ国内で反対勢力を圧殺し、暗黒政治を敷いたヒトラーは世界征服の野望を抱いて、隣国への侵略を始めた。ナチス・ドイツは一九三八年三月一三日にオーストリアを占領、一年後の一九三九年三月にチェコ・スロバキアに侵攻し、九月一日にはポーランドを襲撃している。さらに一九四〇年九月四日にデンマークとノルウェーを占領し、五月一〇日に西部ヨーロッパに攻撃を仕掛けた。亡命者にとって絶望的な状況のなかで、傑作『あとから生まれてくるものたちへ』は生まれた。

3部からなるこの詩は、現在、過去、未来の弁証法的な三段階として読める。「本当に僕は暗い時代に生きている！」で始まり、同じ言葉で結ばれる第1部は現在時制で書かれ、暗黒の時代にブレヒトが置かれた状況や、ドイツの様々な問題が語られる。「混乱の時代に僕は都会に出てきた」で始まる第2部は過去時制で書かれ、ブレヒトが過ごしたワイマール共和国の時代が回想される。混乱のみがあって、「行く手は泥沼へと続いた」時代のことが。第3部では「大波から浮かび上がってくるだろう君たち」に、暗い時代や「僕ら」のことを「思え」と詩人は命ずる。命令形が想定している時制は未来である。そこでは問題の解決をすべて未来の世代に委ねなければならなかったブレヒトの思いが吐露される。多くのブレヒトの劇作同様、オープンな結末になっている。

「本当に僕は暗い時代に生きている」。叙情的な語り手が、冒頭で静かに語りかける。この詩全体がダイアローグの構造をなしており、対話の想像上の相手は詩のタイトルでもある「あとから生まれてくるものたち」だ。詩『エミグラントという呼び名について』(*Über die Bezeichnung Emigranten*)で明らかにしているように、ブレヒトは「国境の向こう」からやって来る人たちや新聞・ラジオから情報を得て、ナチスの数々の犯罪をよく知っていた。そうした深刻な状況をまだ知らない人、あるいは政治的状況に関心を払わない人だけが屈託なく笑えるのだと言う。「笑っている人」を次の行の「恐ろしい知らせ」と対照させることによって、そのことが強調される。

「今は木々について語ることは/犯罪に等しい」と詩人は断言する。詩『抒情詩に向かない時代』(*Schlechte Zeit für Lyrik*)でブレヒトは、花咲くリンゴの木や海峡の華やかな帆には目を向けず、「ペンキ屋ヒトラーの演説への戦慄だけが書き物机に自分を駆り立てる」(GBA 14, 432)と書いている。政治詩人、中野重治のように「お前は赤ままの花やとんぼの羽根を歌ふな」と直接的に呼びかけはしなかったものの、ブレヒトは自然や恋愛に思いをはせながら、それについて歌うことを断念している。「抒情詩に向かない時代」にあって、「抒情詩も時代の犯罪を語るべきだ」という思いが、ここでも表されている。

暗黒の時代について語った後で、叙情的な語り手は第1部、第3連で亡命中の自分が置かれた状況について語る。「飯には不自由していない」現在の恵まれた状況と、その対極にあるドイツ民衆の悲惨な状況が対比される。食べ物や飲み物にありつけない人のことを常に考え、心を痛める姿を見せることによって、一種の自己弁護をしているようにも思える。何の痛みも感じず、飲んだり食べたりしている自分の周りの人たちには、それはただ幸運なだけで、その幸運もいつ尽きるかわからないと警告する。想像上の対話で批判や自己批判を束ねながら、それでも生きたいという生への強い欲求が示される。

第5連では聖書や儒教の本で説かれた「賢い生き方」がまず紹介される。だがそれを実践するには、時代は余りに悪すぎる。昔から賢明とされてきたことに現代の光をあてることで、「世の中の争いから身を遠ざける」こと、「悪には善をもって報いる」ことが本当に正しい態度なのか、問いかける。聖書をパロディ化した『三文オペラ』(*Die Dreigroschenoper*)の「まず食うこと、道徳は二の次」(GBA 2, 284)という言葉が思い起こされる。「僕にはどれ一つできない」。強い意思表示で、詩人は古い本の教えを拒絶する。

第1部で詩人は、貧困や飢餓にあえぐ層はもちろんのこと、まだファシズムの危機を認識できない層や、亡命で当面の危機は逃れ、安穏としている層などにも目を向ける。彼は特有の修辞法でこれらの層を分断することなく、反ファシズムの闘いへ導こうとする。ハンナ・アーレント(Hanna Arendt)は言う。「ブレヒトの言う古典家たち、すなわちマルクス、エンゲルス、レーニンは『誰よりも同情心にあふれた人間』だが、ほかの『無知な人間』と違うのは、同情を『怒りに転換』できたことだ」(Arendt: 76)と。ブレヒトも自分自身が善良であるより、後の世代に良い世界を残すことに大きな意味を見出していた。

自伝的なこの詩の第2部では、自分の生きてきた道が回想される。最初の詩行「混乱の時代に僕は都会に出てきた」は、一九二〇年に書かれた青春の詩『哀れなＢＢ』(*Vom armen B.B.*)に繋がる。そこでブレヒトは「僕、ベルトルト・ブレヒト、黒い森の出身/母は僕がまだお腹の中にいるとき/都会へ僕を運び入れた。森の寒さは／死ぬまで僕から離れないだろう」(GBA 11, 119) と書いている。「黒い森から、アスファルトの都会へ漂着した僕、ベルトルト・ブレヒト」は、「地震が来ても、葉巻の火を消さないだろう」(GBA 11, 120) と言い、詩を結んでいる。どちらの詩も「都会」(die Städte) は複数形になっている。生まれ育ったアウクスブルクやミュンヘンを指しているのだろう。未来形で書かれた最終連の「地震」は、『あとから…』の「大波」に重なる。

ミュンヘン大学で学んだブレヒトは、劇作家としての成功を夢見てベルリンに出る。一八年のドイツ十一月革命やスパルタクス団の反乱、その後のワイマール共和国の労働運動などにどこまでブレヒトが関わったかは不明の部分が多いが、この時代の息吹を感じ取り、大きく左側に揺れた時代の振り子に共振したことは事実である。未だに彼が住む都市には「寒さ」が支配しているが、詩人は自分の作品、自分の言葉で支配者どもを攻撃し、「彼らの居心地を少しは悪くさせたろう」と思っている。ナチスの蛮行によってはるか遠くに追いやられたものの、詩人は人間的な社会の実現という目標をまだ見失ってはいない。

第2部は4連からなり、各連6行の定型をなしている。最初の4行は状況説明、最後の2行は「こうして僕のときが流れた。／僕に与えられた地上のときが」の繰り返しとなっている。このリフレインによって詩人は距離を保ち、出来事を相対化している。詩人はあらゆる感傷性を断ち切り、引き出しに収められた人生の在庫品を調べる。社会主義という目的地はますます遠ざかり、「行き着けそうにない」。第2部の最終連は、エジプトを脱出するモーゼの様子を想起させる（『旧約聖書』申命記三四）。モーゼは約束の地を遠くから眺めるだけで、その地に足を踏み入れることは許されなかったからだ (Bohnert: 137)。第2部の客観化されたスタンスは、他のパートよりも形式を意識した構造にその適性を見出している。

第3部は未来の世代、「あとから生まれてくるものたち」に直接語りかけるものになっている。ハンス・

マイアー（Hans Mayer）は、この詩はブレヒトという詩人の「体験・告白の詩」（Mayer H.: 109）だという。もちろんブレヒトがそこで亡命の一般的な論述をしているということを、マイアーは排除するものではない。なぜなら無数の亡命者はブレヒトが置かれたのと同じような状況にあるからだ。亡命者にとってこの詩は次第に「僕らの詩」となり、彼らの内部に浸透していく。第3部における「僕」から「僕ら」への転換は、「君たち」に向かい合う者が亡命者全般であることを示している。抒情詩の持つ「私的」な狭い空間は打ち破られ、普遍的なものへ世界は広がっていく。

第3部では、元のテクスト「生き残ったものたちに」にブレヒトはだいぶ手を入れている。ブレヒト文書館の草稿によれば、第3連の「それでも僕らは知っている」以降4行は元は、「僕ら、二つの顔を持つ人間！一つの顔、優しい顔を／僕らは抑圧された人たちに向ける。でも抑圧する人たちには向ける／憎しみに満ちた顔を。どうして分別などありえよう／闘いを呼びかける僕らの叫びの中に？　僕らの怒りの言葉には／寛容さなどない。ああ、僕ら／…」（BBA 454/74）となっており、ここから全集版に収められたテクストに戻る。全集版では、「下劣なものに対する憎しみですら／顔を歪めることを。／不正に対する怒りですら／声を汚すことを。ああ、僕ら…」と改められ、「憎しみ」と「下劣」、「怒り」と「不正」が激しく対峙している。

「不正のみがあって、怒りが影を潜めた時代」に「友愛の地を作ろうとして」果たせなかった「僕ら」の無念といいたらなさを、「広い心で」思い起こしてほしい。詩人は最後にこう訴える。『三文オペラ』の最終場のソング「メッキーがみんなに謝罪するバラード」では、同じように主人公が自分の一生を振り返りながら歌う。「君たち、僕たちのあとに生きる兄弟よ／僕たちに対して非情になるな」(GBA 2, 304)と。フランソワ・ヴィヨン（François Villon）の『遺言詩集』（*Testament*）を模したものだが、明らかにメッキーの辞世の句である。『あとから…』も同様に「遺言の書」のように響く。

だがブレヒトは未来の世代よりもむしろともに闘った亡命者たちにこの詩を捧げているのかもしれない。それは闘い半ばにして死んだ仲間への追悼の辞であり、生き残った同志への新たなる闘いへの呼びかけとも読める。そこに詩人のレーニン的策略、ストラテジーがある。すでに述べたように、この詩の第3部はもとは「生き残ったものたちへ」というタイトルを持ち、詩の最初に置かれていた。ブレヒトは闘いの射程を広げると同時に、生き残ったものたちに闘いを喚起したのだ。

3部構成のこの詩は、ヘーゲル弁証法でいう「正（テーゼ）・反（アンチテーゼ）・合（ジンテーゼ）を成す」(HB 1, 276) との指摘もある。だが「正」と「反」のアンバランスがこの詩を悲歌に近づける。「正」（暗黒の時代）を打ち破るべき「反」（反ファシズム闘争）の弱さは、「嘆きの歌」(Klagelied = 「悲歌」「哀歌」)を生み出す。それでも詩人のオプティミズムは、感傷性と無縁である。客体の悲劇性に主体は距離を置いて接し、痛みが主観的、直接的に表れることはない。彼の根底にあるのはファシズムの野蛮さをいつかは克服できるという信頼である。「人と人とが手を差し伸べあう／時代が訪れたとき」という言葉には、「友愛の地」の実現への確信のようなものが感じられる。

「あとから生まれてくるものたち」に寛容を求める願いは、「思え」という二度の命令文によって強調される。ほかの長い詩行とコントラストをなす、短い命令文の詩行「思え、僕らのことを」(gedenkt unsrer) は、最終行の「広い心で」(Mit Nachsicht) に収束されていく。このことばで詩は閉じられ、余韻が読者に残る。「戦争の世紀」といわれた二〇世紀が終わり新しい世紀に入っても、戦争は世界各地で跡を絶たない。ブレヒトの思いは私たちにも、（不幸なことかもしれないが）遠い未来の世代にも向けられている。その意味でこの詩は「時事詩 Zeitgedicht」(Lermen/Loewen, 89) であると同時に、もっと大きな作用半径を持った詩なのだ。どんな暗い時代にあっても明るい未来への希望を失わなかったブレヒトの言葉は澄んで力強い。

3 『あとから生まれてくるものたちへ』の作曲

二〇年代末からアイスラーは、労働者合唱団やアジプロ劇団のために多くの闘争歌を作曲し、プロレタリア芸術におけるもっとも著名な作曲家となった。政治的立場の違いからヴァイルに見切りをつけたブレヒトはアイスラーに接近する。ブレヒトとアイスラーの共同作業により、『処置』が一九三〇年にベルリンで初演され、映画『クーレ・ヴァンペ』（*Kuhle Wampe*）が三二年に完成した。そこではソリストとして出演するプロの俳優や歌手と並んで、労働者合唱団が参加し、ブレヒト／アイスラーの曲を歌っている。『クーレ・ヴァンペ』のクライマックスは、主人公を演じるエルンスト・ブッシュ（Ernst Busch）と三千人の労働者スポーツマンが歌う『連帯の歌』（*Solidaritätslied*）である。

だが一年後にヒトラーという「ハーメルンの笛吹き男」が現れて、同じ風景を演出し、しかもまったく逆の方向に労働者を連れ去った。『統一戦線の歌』（*Einheitsfrontlied*）で労働者が唱和する「だから左、二、三！／だから左、二、三！／同志よ、そこが君の場所…」（GBA 12, 26）というリフレインも「左」を「右」に換えるだけで、ナチスの「民族共同体」の歌になっただろう。三六年のベルリン・オリンピックでは、スタジアムの一〇万の観客が「ハイル・ヒトラー」を絶叫した。聴衆をほとんど盲目的に自分についてこさせる演劇手段をヒトラーは握っており、ヒトラーに感情同化する者にとって、道が危険かどうかを見きわめることは不可能に近かった。「ファシズムの広める政治の耽美主義に対して、共産主義は芸術の政治主義をもってこれに答えるだろう」（Benjamin: 1-2, 508）。思想家ヴァルター・ベンヤミン（Walter Benjamin）は三六年にこう書いたが、ブレヒトやアイスラーはそのために新しい手法を探さねばならなかった。ブレヒトは言う。

「楽器の調子が狂ってしまったので／古い楽譜は用を成さなくなった／だから君たちには新しい指使いが必要だ」(GBA 14, 418) と。

アイスラーは一九二四年に十二音技法を使って作曲しているが、労働者音楽や闘争歌を多く手がけた二〇年代後半には、この技法から遠ざかっていた。彼には十二音音楽もコンサート音楽もブルジョア芸術に思えた。音楽通にしかわからない音楽ではなく、専門的知識のない労働者でも歌えるような簡単でわかりやすい音楽を目指していたからだ。ブレヒトやアイスラーが教育劇で意図したのは、受動的に音楽を聴いたり、芝居を観たりするのでなく、観客が舞台創造に音楽的・演劇的に参加することだった。だがファシズムの時代に、音楽が現実を消し去り、考える力や批判的態度を奪うのを目の当たりにして、こうした催眠的機能に抗するためにアイスラーは十二音技法に戻ることを考えていた。三三年に焚書を決行したナチスは、三七年にミュンヘンを皮切りに「頽廃芸術」展を、三八年には「頽廃音楽」展を開いている。ナチスが「頽廃」のレッテルを貼り、排斥しようとした十二音技法をあえて用いることで、アイスラーは抵抗の美学を貫こうとしたのだ。

ブレヒトも真実を伝えるために「異化的な響き」を探し始めていた。彼は『スヴェンボリ詩集』の第5章にあたる『ドイツ風刺詩集』(*Deutsche Satiren*) の形式に言及して、『不規則なリズムを持つ無韻詩について』(*Über reimlose Lyrik mit unregelmäßigen Rhythmen*) というエッセイを書いている。「月並みな5脚ヤンブス(弱強格のリズムで、1つの詩行に5つの強音節を持つ) のもったいぶった滑らかさにうんざりだった」(GBA 22, 358)。ブレヒトは、次のように言う。

[…] 韻というものは詩にまとまった感じ、耳元を過ぎ去っていくような感じを与えやすいので、私に

は適切でないように思えた。それに一定の抑揚を持つ規則的なリズムも同様に私の心を深くはとらえない。［…］不規則なリズムを持つ、韻を踏まない抒情詩が、私にはふさわしいように思えた。（GBA 22, 364）

ブレヒトの初期の詩集、特に『家庭用説教集』（*Hauspostille*）に収められた詩の多くは、「簡単に歌えることを目指した」（GBA 22, 358）詩であり、詩人自らが作曲している。それらの詩には曲をつけるのに適した3つの条件を満たすものが多い。第一に厳密に整えられた形式を有しており、詩は連から構成され、各連が同数の行を持つ。第二には詩行の完全さが要求される。各詩行はまとまった内容、思考のユニットを形成しており、行末には必ず休止が来る。したがって Enjambement と呼ばれる「行またがり」（詩行の構文が次の行にまたがるもの）は避けられている。第三に各詩行の単語が同じ価値を持ったものでなければならない。すなわちシラブルの数やアクセントの位置などが同じものでなければならない（Birkenhauer: 13f. 参照）。もっともブレヒトは詩に曲をつけたというよりは、耳になじんだ古いバラード・民謡のメロディを思い浮かべながら詩を書いたと言うほうが正しいのかもしれない。

いずれにせよ上で挙げた「歌える詩」の基準と、ブレヒトが目指した「不規則なリズムを持つ無韻詩」は著しく矛盾することに気づくだろう。シンコペーションが効いた身振り的なリズムによって、ブレヒトは詩句の調和を打ち破り、人間間の出来事を見慣れぬもの、矛盾に満ちたものとして示そうとしたのだ。歌うことを前提に書かれたのではない、不規則なリズムを持つ詩に曲をつけるという困難な仕事に、アイスラーは立ち向かった。彼を駆り立てたのは、この詩が持つメッセージ性、ブレヒトとアイスラーが共有する思想であり、アイスラーは高い政治性を有する素材を、自らの十二音技法と結び付けようと試みたのだ。詩の異化

ブレヒトとアイスラー（1937 年夏、デンマークのスコヴスボストランドで）

を目指す詩人と、音楽の異化を目指す作曲家、二人の前衛的な芸術が溶け合った。

アイスラーは一九三七年一月の終わりにデンマークのスコヴスボストランドにいたブレヒトの客人となり、九月末まで滞在した。この「平穏な時期」に多くの重要な楽曲が生まれた。反ファシズムの大作、『ドイツシンフォニー』(*Deutsche Sinfonie*)の三つの楽章や、二つのソネット、一連の室内カンタータ、アイスラーによって『二つの悲歌』(*Zwei Elegien*)と名づけられた『あとから生まれてくるものたちへ』などである。『二つの悲歌』のうち、この詩の第2部にあたる『悲歌I』(*Elegie I*)が三七年四月一三日に、第3部にあたる『悲歌II。生き残ったものたちへ』(*Elegie II. An die Überlebenden*)が翌々日の四月一五日に完成している。

曲が誕生するきっかけとなった出来事をアイスラーはユーモラスに語っている。「ブレヒトは私に詩『あとから生まれてくるものたちへ』を呈示せずに、三〇ほどの詩が入った封筒を渡して、言った。『ちょっと見てくれ、中に君が使えそうなものがあるかもしれないから』。それは作曲の素材となる詩で、黄色のタイプライター用紙に書かれたものだった。私はさっと眺めてこの詩が目に留まった。――そしてブレヒトのところへ行って伝えた。『おい、ブレヒト、こいつはスゲーぜ』。彼は言った『ほんとか、使えるか』。彼はそれ以上語らず『使えるか』どうかだけ聞いた。私はすぐにそれを作曲し、彼の前で演奏した。彼はそれに非常に満足した」(Eisler/Bunge: 143)[6]。ブレヒトは音楽に対する興味を、自分の劇作上演やパフォーマンスに使えるかどうかという点にだけ絞っていたのだ。

アイスラーは二つのテクストの前に導入としてもう一つ悲歌を書くようにブレヒトに勧め、「本当に僕は暗い時代に生きている…」が出来た。(Hecht: 509) これが『あとから生まれてくるものたちへ』の第1部となり、3部構成の詩が完成した。第1部は『悲歌 一九三九』(*Elegie 1939*)として、二年後の一九三九年九月二日にメキシコシティでアイスラーによって曲がつけられている。ブレヒトがこの詩に一九三七年と年号を振っているのに（Hennenberg: 469）、アイスラーはこの歌を「一九三九年」とし、すべての曲に『悲歌』というタイトルを当てている。しかも『悲歌I』、『悲歌II』ではテクストにほとんど変更はないが、『悲歌一九三九』の歌詞にはいくつか省略部分がある。第1連の「無邪気な言葉は愚かに響く」は抜け落ち、「確かに僕はまだ飯には不自由していない」で始まる第3連全部が省略されている。第5連の「暴力と無縁でいること／悪には善をもって報いること／[…]／これが賢い生き方だという」の3行がない。詩人と作曲家の間に対立・葛藤が生じたかもしれないが、詩と歌の領域でそれぞれが優先権を主張したのであろう。重要なことは、第1部がアイスラーの作曲を前提に書かれたものであり、二人の共同作業なしには『あとから生まれてくるものたちへ』は成立しなかったということである。

十二音技法は『悲歌』でどのように使われているのだろう。最初に作られた『悲歌I』をまず見てみよう。まずオクターブ内にある十二の音を一回ずつ使って基本音列を作る。譜例1と譜例2を参照してもらえばわかるが、基本形（G＝Grundgestalt）が①②…⑫の異なった音で作られている。前奏の大譜表上段と、声楽パートの「こうして僕のときが流れた／僕に与えられた地上のときが」というリフレインがこの形に当たる。次にこの音列を逆にたどる形を逆行形（Krebs）と呼ぶが、Kで表し、□で囲んだ数字を振ってある。パターンはあと二つあり、音列の上下を鏡に映したように逆さまにして作る反行形（Umkehrung）、さらに逆行形と反行形を組み合わせた逆反行形（Krebsumkehrung）があり、それぞれU、KUで記している。労働者用十二音技法というか、アイスラーの技法はとてもわかりやすい。曲全体にわたって同一の基本音列とそれを基にした三つの鏡像形が作られているが、移高（音程の関係を維持したまま高さを変えること）は行われていない。アイスラーは複雑なテクニックを一般に理解されるように努めている。

『悲歌II』も同じように十二音技法により作られている。「下劣なものに対する憎しみですら／顔を歪める

Zwei Elegien

I

譜例1:『二つの悲歌』の『悲歌1』の十二音技法による楽譜

譜例２：『悲歌１』の十二音の構成
G（基本形）、K（逆行形）、U（反行形）、KU（逆反行形）

ことを。／不正に対する怒りですら／声を汚すことを」の部分で、「憎しみ」（Haß）、「怒り」（Zorn）という肯定的な言葉に、アイスラーは強いアクセントを置いている。8分音符の連続の中で付点4分音符の長い音となり、一番高いミの音があてがわれている。これに対し、対立的な「下劣」（Niedrigkeit）「不正」（Unrecht）は低音で書かれている。アイスラーは「距離を置いたリラックスした語り口調でテクストを説明していく」（Hennenberg 1: 68）。語り口調のメロディは2つの曲に貫かれており、悲歌的ではあるが重苦しさを感じさせない。8分音符や3連符がほとんどで、曲は淡々と機械的に進行していき、情感を込めて歌い上げるところはどこにもない。こうした効果は十二音音階が生み出すものであろう。ブレヒトはこの曲を陶酔ではなく、思考へいざなう理性的なものと感じたはずだ。アイスラーは証言する。「ブレヒトは葉巻を吸い、じっと聞き入りながら言った。ああ、これは叙事詩的だ」（Eisler/Bunge: 146）

　メンネマイアー（Franz Norbert Mennemeier）は『あとから生まれてくるものたちへ』の悲歌的な要素を示し、

『あとから生まれてくるものたちへ』のアイスラーの手書き楽譜
（提供＝ベルリン芸術アカデミー・アーカイブ Archiv der Akademie der Künste, Berlin）

ブレヒトの『ハリウッド悲歌』（一九四二年、アイスラー作曲）や『ブッコー悲歌』（*Buckower Elegien*, 一九五三年）と結びつけた。彼にとってこの詩は「最も美しいブレヒト悲歌」であり、「悲歌的な気分」がはっきり表れていると言う（Mennemeier: 201）。アイスラーは『あとから生まれてくるものたちへ』の3つの歌を『悲歌』と名づけたが、この概念はアイスラーにあっては、一般に「哀歌」（Klagelied）といわれるようなものではない。情感に訴えるのではなく、政治的なテーマを啓蒙的なオプティミズムで語りかけるのだ。詩人のユートピア思考が、悲劇的な音調を包みこむ。悲しみに浸るのではなく、距離を置いて哲学的内容へと導く曲をアイスラーは目指した。彼が譜面に書き加えたコメントには「もっと静かに、センチメンタルにならずに」「優しい表現で」「引きずるのではなく、歩くように」などとある。さらに「前進」のような指示もあり、これらの曲からは軽やかささえ感じられる。

ハンス・ブンゲ（Hans Bunge）はアイスラーと対話をした晩に、『二つの悲歌』をアイスラーがピアノを弾いて自ら歌い、テープレコーダーに録音することを求めた。彼は言った「これは本当にほとんど歌うことが出来ない歌だ。なぜならこの歌は歌手にとっても聴衆にとっても難しすぎるからだ［…］」（Eisler/Bunge: 144）。吹き込んだものを聞いたアイスラーは、「もっとうまく歌えるはずだ。もっと落ち着いて。私の表現には優しさが欠けている。もっと優しく歌わなければいけない。怒ったダックスフントのように吼えてはいけない」（Eisler/Bunge: 146）と反省し、もう一度やり直したが、やはりうまくいかなかった。アイスラーは自らが指示したコメントどおりに歌えなかったのだ。彼はテープを二本とも消すように指示した。「二〇年後に誰か理性的な人が軽やかに、明るく、ほとんどユーモラスに歌ってくれることを望む」（Eisler/Bunge: 147）とアイスラーは語った。

一九五八年にアイスラーは、俳優・歌手のエルンスト・ブッシュの求めに応じて民衆的なヴァージョンと

ブッシュとアイスラーの巡回演奏会の広告（1931 年・32 年）

エルンスト・ブッシュ

して詩の第2部、第3部を『あとから生まれてくるものたちへ』というタイトルで新たに作曲し直した。この頃アイスラーは『ヨハン・ファウストゥス』(*Johann Faustus*)のオペラ用台本が「形式主義」という批判にさらされ、諦念的になっていた。アイスラーにこの歌や他の歌を作曲させることで、そうした状況から救い出す狙いもブッシュにはあったようだ。

　アイスラーは『二つの悲歌』とニューヴァージョンの『あとから生まれてくるものたちへ』を比べながら、「これはブッシュには技術的に難しすぎた。ポピュラー版はもちろん非常に愉快で、彼もとても素晴らしく歌っている」(Eisler/Bunge: 147)と称賛した。十二音音階から離れ、歌にも伴奏にも調性を持たせることによって曲の感じはだいぶ変わっている。前半は音型やリズムを保持し、リフレインを増やして、後半にその類似のモチーフを繰り返している。「こうして僕のときが流れた／僕に与えられた地上のときが」という詩のリフレインは、元の曲ではメロディが違ったが、今回はすべて同じではるかに歌いやすくなっている。メロディもずっと軽やかで、明るく、覚えやすい。もっともアイスラーに言わせれば、ポピュラー版（民衆版）はただ簡単に歌えるというだけで、もとのものよりずっとポピュラーになったとは思っていないらしい（Eisler/Bunge: 147f.)。

アイスラーにとってブッシュは長年の同志であった。メーリング（Walter Mehring）の『ベルリンの商人』（*Kaufmann von Berlin*, 1930）では俳優としてだけでなく、歌手、合唱団のソリストとして登場し、アイスラーの曲を歌っている。その後、ブッシュ、アイスラーのコンビは革命的、民衆的芸術の代名詞のように言われ、二人で政治集会に出かけ、アイスラーの伴奏でブッシュが歌うことも多かった。ブレヒトも早くからブッシュの歌う俳優としての才能に注目し、絶賛してきた。一九二八年八月、『三文オペラ』の稽古で、彼が警官スミスという小さな役を演じたのが最初の出会いだった。ブレヒト、アイスラー、ブッシュという詩人・作曲家・歌手のチームがかなり長い年月にわたって組まれ、音楽になったブレヒトを表現し続けた。『処置』のアジテーター、『クーレ・ヴァンペ』の主人公、『母』のパーヴェルなどでワイマール後期の新たなプロレタリアート芸術の頂点を極めたブッシュが加わり、ブレヒトの詩は歌として知られるようになる。

ブレヒトとアイスラーはブッシュという表現者を得て、『あとから生まれてくるものたちへ』を再生させた。もっともブレヒトはその早すぎた死によって、新しい曲を聴くことはなかったが。ブレヒトがテクストをデンマークから送り、アイスラーがロンドンやパリで作曲する。出来上がった曲を持ってブッシュがヨーロッパ各地を巡業し、特に三七年以降はスペインの国際旅団で歌う。そんな暗く、厳しい時代を生き抜いてきた三人にとって、この詩には特別な思いがあったろう。ブッシュのあの金属性の声が、高らかに響いてくる。「おい、ちょっと歌い上げすぎだぞ」と思うほどに。民衆版はもとのいわゆる声楽家版よりもはるかに歌いやすく、より親しまれるようになった。しかも現在では第1部が朗読され、2部と3部が歌として歌われるという極めて珍しい構成になっている。そこから詩人ブレヒトと作曲家アイスラーの顔が見えてくる。

ブレヒトは亡くなる前年の一九五五年五月、妻ヘレーネ・ヴァイゲルに「遺書」を託した。そこにはドロテーア墓地に埋葬し、墓石にはブレヒトとだけ記すようにとの指示とともに、「棺の前や墓地で演説はやめてほしい、せいぜい『あとから生まれてくるものたちへ』の朗読にとどめてほしい」(Hecht: 1163) と書かれている。ここにもブレヒトのこの詩に対する思い入れが伺える。五六年にハイナー・ミュラー (Heiner Müller) は『ブレヒト』という逆説的な詩を書いている。「本当に彼は暗い時代に生きていた。/時代はもっと明るくなった。/時代はもっと暗くなった。/[…]」(Müller: 1, 37) 五六年八月、ブレヒトは永眠した。自らが選択した東ドイツに対して、おそらくは複雑な思いを噛みしめながら。『あとから生まれてくるものたちへ』は文字通りブレヒトの辞世の句となった。

文献

BBA = Bertolt-Brecht-Archiv, Nachlaßbibiliothek.

GBA = Brecht, Bertolt: *Werke. Große kommentierte Berliner und Frankfurter Ausgabe.* Hg. v. Werner Hecht, Jan Knopf, Werner Mittenzwei, Klaus-Detlef Müller. 30 Bde. u. ein Registerbd. Frankfurt a. M. 1988-2000.

HB 1 = *Brecht Handbuch. Band 1, Stücke.* Hg. von Jan Knopf. Stuttgart 2001.

HB 2 = *Brecht Handbuch. Band 2, Gedichte.* Hg. von Jan Knopf. Stuttgart 2001.

Arendt, Hanna: *Walter Benjamin / Bertolt Brecht. Zwei Essays.* München 1971.

Benjamin, Walter: *Gesammelte Schriften.* Hg. von Rolf Tiedemann. Frankfurt a. M. 1972.

Betz, Albrecht: *Hanns Eisler. Musik einer Zeit, die sich eben bildet.* München 1976.

アルブレヒト・ベッツ『ハンス・アイスラー人と音楽』浅野利昭・野村美紀子訳、晶文社、一九八五年。

Birkenhauer, Klaus: *Die eigenrhythmische Lyrik Bertolt Brechts. Theorie eines kommunikativen Sprachstils.* Tübingen 1971.

Bohnert, Christiane: *Brechts Lyrik im Kontext. Zyklen und Exil.* Königstein/Taunus 1982.

Dümling, Albrecht: *Laßt euch nicht verführen. Brecht und die Musik.* München 1985.

Eisler/Bunge = Eisler, Hanns: *Gespräche mit Hans Bunge. Fragen Sie mehr über Brecht.* Übertragen und erläutert von Hans Bunge, Leizig 1975.

Frisch, Max: *Tagebuch 1946-1949.* Frankfurt a. M. 1950.

Hecht, Werner: *Brecht Chronik 1898-1956.* Frankfurt a. M. 1998.

Hennenberg, Fritz (Hg.): *Brecht-Liederbuch.* Frankfurt a. M. 1984.

Lermen/Loewen = Lermen, Brigit/Loewen, Matthias : *Lyrik aus der DDR. Exemplarische Analysen.* Paderborn 1987.

Lucchesi/Shull = Lucchesi, Joachim / Shull, Ronald K.: *Musik bei Brecht.* Berlin 1988.

Mayer, Günter: Hanns Eisler und die Revolution. In: *Hanns Eisler heute. Berichte – Probleme – Beobachtungen.* Arbeitsheft 19. Berlin 1974.

Mayer, Hans: Anmerkungen zu Brecht. In: Mayer, Hans: *Ansichten. Zur Literatur der Zeit.* Frankfurt a. M. 1996.

Mennemeier, Franz Norbert: *Bertolt Brechts Lyrik. Aspekte, Tendenzen.* Düsseldorf 1982.

Müller, Heiner: *Werke.* Hg. von Frank Hörnigk. 7 Bde. Frankfurt a. M. 1998-2003.

Notowicz, Nathan: *Wir reden hier nicht von Napoleon. Wir reden von Ihnen! Gespräche mit Hanns Eisler und Gerhart Eisler.* Übertragen und herausgegeben von Jürgen Elsner. Berlin 1966.

Schebera, Jürgen: *Hanns Eisler. Eine Biographie in Texten, Bildern und Dokumenten.* Mainz 1998.

引用楽譜

Zwei Elegien. In: *Hanns Eisler. Gesammelte Werke.* Serie 1, Band 16 (2. Augl. 1988) Lieder für eine Singstimme und Klavier. S. 45-50. / S. 217-218. S. 196-201 / S. 260.
Elegie 1939. In: *Brecht-Liederbuch.* Hg. von Hennenberg, S. 238-241, S. 469.
Elegie I. In: Hennenberg, S. 242-245, S. 469f.
Elegie II: An die Überlebenden. In: Hennenberg, S. 246-248, S. 470.
An die Nachgeborenen I. In: Hennenberg, S. 249-251, S. 470f.
An die Nachgeborenen II. In: Hennenberg, S. 252-253, S. 470.
An die Nachgeborenen II.（手書き草稿） Archiv der Akademie der Künste, Berlin
An die Nachgeborenen III.（手書き草稿） Archiv der Akademie der Künste, Berlin

CD

Der Brecht und ich. Hanns Eisler in Gesprächen und Liedern. Berlin Classics, 2006.
Hanns Eisler. Dokumente. Berlin Classics, 1995.
Hanns Eisler. Lieder und Kantaten im Exil. Berlin Classics, 1996.
Hanns Eisler: Dietrich Fischer-Dieskau (Bariton) / Aribert Reimann (Klavier). TELDEC, 1988.
An die Nachgeborenen. Ernst Busch. Chronik in Liedern, Kantaten und Balladen 8. BARBArossa 2002.

注

（1）ブレヒトに見せられた『演劇のための小思考原理』の草稿がいかにインパクトの大きなものだったかをフリッシュは日記に記している。一九四八年四月二三日にチューリヒの人民の家「カタコンベ」で催された「ブレヒトの夕べ」で、ブレヒトが『あとから生まれてくるものたちへ』を朗読し、フリッシュはこれを聞いている（Hecht: 819）。

（2）Notowicz, Bunge の二人は一九五八年からテープレコーダーを使って、アイスラーとの対話を収録している。ブンゲの対話は六二年八月まで計一四回行われ、『ブレヒトについて、もっと聞いて』という本になり、七〇／七一年に出版された。出版前に対話の一部は東ドイツラジオ放送で二〇回のシリーズで紹介されている。（六五年）二〇〇六年に出されたCD『かのブレヒトと私』で、アイスラーの対話を一部聞くことができる。彼の類まれなる「おしゃべりの才能」も味わえるだろう。

（3）日本では『ブレヒト転機の書』（八木浩訳、講談社 一九七五年）、『転換の書、メ・ティ』（石黒英男、内藤猛訳、績文堂 二〇〇四年）として紹介されている。メ・ティ（墨子）ほか、マルクス、エンゲルス、レーニンなどが中国風の名前で登場する。ここでは「非常に高い、前人未到の険しい山頂を征服しようとする人間」が頂上を極めるためには、「いったん引き返すことが必要なときがある」ことを説いている。レーニンの『一歩前進、二歩後退』の思想を寓話にしている。

（4）ブレヒトは二四年にベルリンに移住している。アイスラーは当時ウィーンに住んでいたが、同年一一月に数日間ベルリンに滞在している。一一月三日に行われたピアニスト、エルゼ・C・クラウスのコンサートでアイスラーの『ピアノソナタ1番』が演奏されることがわかったからだ。おそらくこの時期に大使館のレセプションで、二人は会っているものと思われる。

(5)『母』の第9場で、シベリア流刑から帰った息子パーヴェルとつかの間の再会をした母は、二人をこんなにも近づけてくれた共産主義的政治活動を『第三の事柄の讃歌』としてレチタティーヴォ風に、語り、歌い聞かせる。

(6)一九六一年七月一三日に行われた第5回目の対話であるが、話の内容は「一九三四、一九三五年当時」のことで『あとから生まれてくるものたちへ』はまだ完成していない。正確には、後の第2部、第3部となった詩の草稿である。

なお十二音技法については和田ちはるさん(東京藝術大学博士課程後期院生)から専門的な知識の提供を受けた。この場を借りてお礼申し上げたい。

ブレヒトと日本の作曲家たち
――林光と萩京子のブレヒト・ソング――

大田美佐子　Misako Ohta

ベルトルト・ブレヒトに関わりのある作曲家たちは、その関係性という視点から次の三つに分類できる。第一にクルト・ヴァイル（Kurt Weill, 1900-1950）、ハンス・アイスラー（Hanns Eisler, 1898-1962）、パウル・デッサウ（Paul dessau, 1894-1979）などのように、ブレヒトとリアルタイムで話し合いながら、音楽劇のコンセプトの立ち上げから共に作品を作りあげてきた重要な「パートナー」としての作曲家である。彼らにとって、ブレヒトは単なる「作詞家」「劇作家」という存在ではなく、彼らの作曲家としてのアイデンティティに深い影響を与え、またブレヒトも彼らの存在からおおいに触発されてきた。第二にパウル・ヒンデミット（Paul Hindemith, 1895-1963）やカール・オルフ（Carl Orff, 1895-1982）など、ブレヒトと同時代の作曲家ではあるが、限られた作品で単発的に関わってきた作曲家が挙げられる。そして第三にフリードリヒ・ツェルハ（Friedrich Cerha,1926-）やハイナー・ゲッベルス（Heiner Goebbels, 1952-）のようにブレヒトの死後、彼のテクストに曲をつけた「後世の作曲家たち」である。今回の報告では、その三番目のカテゴリーに属する作曲家として、ブレヒトのテクストに曲をつけた後世の日本の作曲家たちについて取り上げたい。日本の音楽界において、具体的にブレヒトがどのような影響を及ぼしたのか、あるいは及ぼしているのか、その実際例を林光（1931-）と萩京子（1956-）という二人の作曲家を例に考察する。はじめに日本の音楽界とブレヒトの音楽との出会いの経緯について述べ、前半はブレヒトの音楽理論に影響を受けた林光の著作の紹介を中心に、そして後半は林光と世代が違う萩京子のブレヒト・ソングの実際の例を萩のインタビュー[1]を含めて具体的に取り上げる。

1　日本の音楽界と「ブレヒトの音楽」との出会い

ブレヒトがドイツの劇作家、詩人として二〇世紀の演劇に多大な影響を与えたことに議論の余地はない。しかしながら今日、日本の一般的な音楽愛好家が「ベルトルト・ブレヒト」という作家を注目する機会が多いとはいえない。けれどもその一方で、一九三〇年代初頭という極めて早い時期に、ブレヒトの音楽劇作品が日本に紹介された事実は特筆に価するのではないだろうか。

一九三二年（昭和七年）には、土方与志の翻案・演出で東京演劇集団によってクルト・ヴァイルと手を組んだ作品『三文オペラ』(*Die Dreigroschenoper*) が上演された。一九三二年に上演された『三文オペラ』はその後、近衛秀麿の指揮でレコードに録音されるなど、ある程度の人気を博した。また、ヴァイルとの共作で、能の『谷行』を翻案とした教育劇『イエスマン』(*Der Jasager*) は、一九三二年に東京音楽学校でトーマス・マンの義兄クラウス・プリングスハイムの指揮で上演されている。グスタフ・マーラーの弟子でもあった指揮のプリングスハイムは、当時東京音楽学校で教鞭を執っていた。東京音楽学校という日本における西洋音楽受容の殿堂でプリングスハイムによってブレヒト劇が紹介された新奇さは、当時の音楽学生にも強い印象を残したという。[2] 彼によって紹介されたクルト・ヴァイルという大戦間に「新音楽の旗手」と呼ばれたドイツの現代作曲家の存在は、ヨーロッパの「先端の音楽」を感じさせたのだろう。けれども、それを契機にラジオ・カンタータ『リンドバーグの飛行』（*Der Flug der Lindberghs*）やオペラ『マハゴニー市の興亡』（*Aufstieg und Fall der Stadt Mahagonny*）、『処置』（*Die Maßnahme*）といったブレヒトの音楽劇作品が継続的に日本に紹介されるようになったわけではなかった。ブレヒトとその作曲家たちが作り出す「音楽劇」の世界は、ヨーロッパでは硬直化してしまったオペラ文化へのアンチテーゼとして芸術音楽の世界とも深い関係性を持っていた。[3] しかしながら、クラシック音楽を学校教育に取り込み始めた当時の日本の音楽界あるいは音楽教育において、居場所を見出すことは困難であった。

第二次世界大戦後、「ブレヒトの音楽」は西洋芸術音楽の文脈によってではなく、演劇の分野で受容された。一九三二年に出会った『三文オペラ』は日本でも今や古典的なレパートリーとして親しまれ、様々な上演形態によって日本独自の伝統を培ってきており、劇評のなかでも「ブレヒト劇の音楽はどうあるべきか」というような議論が闘わされてきた。そのなかで、「芝居に目を向けてきた」日本の作曲家たちが、ブレヒトの戯曲を消化し、その音楽理論と対峙する担い手となっていったのである。

2　日本のブレヒト・ソング

日本におけるブレヒト作品の受容において、とりわけ作曲家の果たした役割は大きい。ブレヒト自身、実践家として実践の現場で演劇論や音楽論を作り上げてきたという指摘がある。[4] その意味でも、日本の作曲家たちはただ「大作家ブレヒト」の詩や戯曲に付曲してきただけでなく、「実践」の現場でブレヒトの詩やその作品を支える音楽理論と自らの音楽的アイデンティティとを闘わせて作品を生み出してきた。その作品は日本におけるブレヒト受容の一側面であると同時に、日本の音楽史、あるいは劇音楽の歴史の重要な一章を形作ってきたといえるのではないだろうか。

日本の作曲界でブレヒトに積極的に関わってきた人々としては、林光、萩京子、高橋悠治（1938-）、一柳慧（1933-）、寺嶋陸也（1964-）などがいるが、本稿では林光と萩京子の二人を取り上げたい。

2・1 ブレヒトの音楽理論と林光の初期の論考

林光は、日本の音楽界におけるブレヒトの影響の痕跡を語るに際して、もっとも重要な作曲家の一人と考えられる。一九三一年に東京に生まれた林は、尾高尚忠に作曲を師事し、キャリアの当初から、学生演劇を通じて演劇と音楽の関係に強い関心をもっていた。東京藝術大学音楽学部作曲科を中退した後は、こんにゃく座の座付き作曲家というポジションを得て、また俳優座や黒テントなどでも劇場音楽を多く作曲している。

林の特筆すべきキャリアは、日本の劇音楽の分野に貢献してきたというだけでなく、外山雄三や間宮芳生らとの山羊の会、うたごえ運動への参加などを通じて、常に「社会の中の音楽の位置づけ」に正面から取り組んできた作曲家という点である。[5] また数々の劇音楽の作曲を通じて、あるいは合唱などの教育活動を通じて「日本語」に拘り、一貫して日本語と音楽との「自然な」関係を希求してきた。戦後の日本の作曲家のなかでも、もっとも「言葉で語る」、つまり著作の多い作曲家のひとりである。そのように、芸術家と社会、言葉と音楽の問題に関心を寄せる彼が、キャリアの初期の段階で、演劇と音楽の関係に関する問題意識を喚起したブレヒトの音楽理論に衝撃的な出会いを感じたのも、ごく自然な流れであったといえるのかもしれない。

林は『林光　音楽の本』（一九七二年）、『音楽のつくり方』（一九八一年）、『歩き方を探す』（一九八四年）をはじめ、多くの著作のなかで、幾度となくブレヒトについて語っている。また、みずからの創作の記録を『作業日記』と名づけるなど、ブレヒトが直接言及されていない文章においてさえ、どこかでつねにブレヒトを意識しながら、ブレヒトの理論が通奏低音のごとく彼の思考を支えているものではないかと考えられるほどである。したがって、本稿では林のブレヒトからの影響の全体像を概観することはできない。今回は特にブレヒト・ソングを作る基盤ともなった、林の創作期の初期段階におけるブレヒトからの影響を考察したい。

一九五〇年代末、俳優座演劇研究所の機関誌に二八歳の林の「ブレヒト劇の音楽について——演劇への音楽の創造的参加」という題で十ページ以上に及ぶ長い論文が掲載された。彼はここで「叙事詩的演劇のための音楽の使用について」、「身振り的音楽について」や「ソングを歌うことについて」などのブレヒトの音楽理論を、『三文オペラ』、『小市民の七つの大罪』(*Die sieben Todsünden der Kleinbürger*)、『母』(*Die Mutter*)、『カラールのおかみさんの銃』(*Die Gewehre der Frau Carrar*)などの作品を例にひきながら整理し、その一端を紹介している。この文章の中で取り上げられたブレヒトの理論は、彼のその後の創作に大きな影響を及ぼすことになった。特に重要だと思われる点は、劇音楽が「自律的な存在である」との認識を高めたことである。それに加えて、ブレヒト劇は現代音楽を否定しているわけではなく、作曲家は現代音楽が獲得した新しい表現手段を必要に応じて自由に活かし、利用することができるのだと理解したことであった。

ブレヒト劇の中で劇音楽ははじめておきまりの、常套的な音楽語法から解放されて自由を取り戻す。作曲家は、観客が他愛もなく舞台の出来事に没頭できるような気分をつくらないでもすむようになったおかげで、もはや通俗化して記号化してしまった過去の音楽の慣用句を使って、喜びや悲しみ、恋のめばえとか怒りとかいったものを観客に説明し、押し付ける必要はなくなった。[…] かくして作曲家は(ブレヒト劇において）現代音楽が獲得した様々の新しい表現手段を、必要に応じて自由に、自己の目的のために利用することができるようになる。常にわかりやすい単純な音楽ばかり書くことはもはや要求されない。正しくさえあれば、どんな複雑な音楽も書くことができる。ブレヒトが要求しているのは常に「わかりやすい音楽」ではなくて「真剣な音楽」であり、「上品な音楽」ではなくて「正しく用いられた音楽」である。(6)

またこの論考では、ブレヒト劇の歌においてドイツ語の韻律という問題が深く関わっていることなどにも言及している。ここで行われたブレヒトの音楽劇とその理論に関する「総括」は、彼自身の創作とヨーロッパのブレヒトの劇音楽との距離感を感じさせることになった。すなわち、ブレヒト劇の言葉と音楽のあり方は、深い関係性をもちながらも互いに自律しているが、その問題を解決に導くためにはまずブレヒトをドイツ語ではなく、日本語で歌うという原点の問題に立ち返らざるを得なかったのである。

2・2 ブレヒト・ソングへ——日本語の挑戦

「ぼくのブレヒト・ソングなど」という文章の冒頭では、日本語ブレヒト・ソングの問題点に言及している。

すべりの良いコトバに気をつけろ！とブレヒトは言ったわけなのだろう。簡単にいえば。コトバを韻律と置き換えても良い。それでは日本語ブレヒトも、同様、すべりの良いコトバに気をつけるべきか。敬遠すべきか。反対である。(7)

日本語のブレヒト詩には、言葉をすべらせる「韻律」という「伝統」が欠如していると指摘し、「コトバが跳ねない」、つまり音楽とコトバの力が拮抗できなければ、音楽的な「異化」もできないと述べている。そして日本語で歌うためのブレヒト詩は、原詩のレトリックや語り口に拘りすぎず、日本語詩としての閉じた美を求めるのでもなく、「ウタ」を作るための第三の道を選択する必要性があると説いた。林がここで掲げた4つの対策案は、

①意訳に徹すること
②七五調を日本語の実践的韻律と受け止め利用すること
③二十歳代の人々に理解できないコトバ、言い回しを使わないこと
④日常会話で通用する省略は無条件で許容すること

であった。その解決策を前にして、林は「ブレヒト・ソングの御三家、ワイル、アイスラー、デッサウとの円満な決別」が訪れたと記している。この別れは、林が言うところの「日本語独特のウタとコトバの生理という認識」と表裏一体のものだったといえるだろう。彼が最初に作曲したブレヒトの劇は一九五九年の『例外と原則』(*Die Ausnahme und die Regel*) だが、この翌年作曲した『セチュアンの善人』で壁にぶち当たったという。少し長いが引用したい。

『母』の上演と六〇年安保の闘争との衝突を、方法上の問題としてとらえることが充分にできなかったことが、同じ年の夏から秋にかけての『セチュアンの善人』(*Der gute Mensch von Sezuan*) の作曲では技法的なものと思想的なもとのとの分離というかたちであらわれたと思う。技法的には、統一感となめらかさがあり、大部分のソングをうたった市原悦子の好演もあって、それがひとつの成果とうけとら

れたことは事実だが、その反面、ウタがあることでシバイがかきみだされる、いわば討論をいどまれる。そういう（ブレヒト劇に不可欠な）効果を持ち得なかった。［…］やはり、『母』の作曲で、自覚しないままにつくられようとしていた、ウタの攻撃性、また多義性を、発展することができなかったというほかはない。同時にまたそこでは、ブレヒト・ソングの先達たち、アイスラーやデッサウの研究から影響を受けて、『母』のなかにあったぼくじしんのスタイルを殺した、というふうに思うのである。(8)

ここで彼は、ブレヒトの劇中歌としてのソングのあり方、「シバイ」における「ウタ」のあり方で、技巧的な面を思想的な攻撃性、つまりシバイのなかでのウタの機能にまで発展することができなかったと認識している。林が芝居や歌を意識的にカタカナで強調して表記している点でも、従来の演劇と劇中歌の概念とは違うブレヒト劇への拘りを感じさせる。ブレヒトが『三文オペラ』の注に書いた「ソングを歌うことについて」という文章には、「劇の中でのソングの位置づけ」と俳優の演技にとの関連性について言及している。

歌うことで、俳優はひとつの機能転換をおこなう。俳優がふつうの会話から無意識のうちに歌に移っていったような振りをしてみせるほどいやらしいことはない。(9)

つまり、「技巧的な面を思想的な攻撃性、つまりシバイのなかでのウタの機能にまで発展する」という課題をより深く考えるためには、異化として有効に働く日本語ブレヒト・ソングの攻撃性の問題を、日本の演劇における演技そのものの在り方との葛藤のなかでより「実践的に」解決しなければならなかったのだろう。特にアイスラーやデッサウの研究を通して自分のスタイルを見失ってしまったことを自覚している点が興味深い。このように「ブレヒト・ソングを先達から学ぶ過程が修了した」一九六〇年は、林がみずから「ブレヒト・ソング第一群が終わった節目の年」と位置づけている。けれどもこの経験を機に、林の作品におけるブレヒトからの影響が影を潜めるというわけではなく、反対にブレヒトの影響は林の思考のなかで時間的空間的な広がりを見せるようになる。一九八四年に書かれた『歩き方を探す』という著書の中で、彼がモーツァルトと宮澤賢治、ブレヒトの共通項を重ねていくという一見大胆な方法をとり、聴衆と音楽、オペラ改革について論じている点は注目に値する。八〇年代の林の創作活動を考える点でも大変興味深い論考である。

2・3　林光「歌の本」におけるブレヒト・ソング

二〇〇〇年から二〇〇二年にかけて出版された林光の四分冊のソング集に収められているブレヒト・ソングは、全部で十三曲ある。その中で劇中歌でないものは『朝に晩に読むために』（一九八六年、野村修）、『けむり』（一九九九年、長谷川四郎訳）『欠陥（将軍よ、君の戦車は）』（一九七六年、野村修訳）の3曲だけであり、あとは『セチュアンの善人』（一九六八年）、『コミューンの日々』（*Die Tage der Kommune*　一九七一年）、『白墨の輪』（*Der Kreidekreis*　一九七八年）、『ガリレイの生涯』（*Leben des Galilei*　一九八六年）など、圧倒的に劇中歌が占めている。作曲年代も一九六〇年から一九九九年と四〇年あまりにわたっている。劇中歌の占める割合といえ、作曲年代といえ、どちらも林がブレヒトの演劇論そのものに一貫して高い関心を寄せてきたことを反映した結果といえる。本稿では、劇中歌でないブレヒト・ソングに注目して、萩京子の作品を中心に論じていきたい（資料1　林光『歌の本』におけるブレヒト・ソング）。

3　萩京子のブレヒト・ソング

ここまで述べてきたような林光のブレヒトへのアプローチに対して、一九五六年に生まれた萩京子のアプローチは、林光のような戦後まもなくブレヒト演劇を受容してきた世代と比べて温度差がある。萩京子は東京藝術大学作曲科を卒業後、ピアニストとしてこんにゃく座に参加し、現在は林の後継者としてオペラ・シアターこんにゃく座の代表を務め、座付き作曲家、音楽監督、ピアニストとして活動している。一九八〇年から二〇〇五年までに二六作品ものオペラを作曲し、一年に一本のペースで新作を世に出していることになる。これは実にモーツァルトのオペラの数よりも多いのである。作家としては、宮澤賢治、鄭義信、太宰治などの作品を取り上げ、また翻訳ものはシェイクスピア、スウィフト、ファーブルなどがあるが、ブレヒトの戯曲に曲をつけたことはない。以下二〇〇六年一一月一三日にこんにゃく座で行ったインタビューを紹介しながら、萩のブレヒト・ソングについて考察したい。

3・1　萩京子とブレヒトとの出会い

彼女とブレヒトとの出会いは、高校時代に観た青年座の『三文オペラ』の公演であった。音楽劇の作曲に関心をもちながら、まずはピアニストとしてこんにゃく座に参加したが、卒業後の進路を考えていたときに、こんにゃく座が林の『白墨の輪』を公演したという記事を目にした。すでに彼女はブレヒトに対して「二〇世紀の演劇を変革した人として、これからの演劇界を引っ張っていくのだろう」と思っていたという。しかしながら、当時は日本の民話オペラを上演していたこんにゃく座がブレヒトを扱っている意外性にも惹かれたという。「多くの演劇人が、ブレヒトの語る劇における音楽の役割について影響を受けたように、私も影響を受けた。音楽が新しく生き延びていくために、歌が置かれることによって劇を対象化するというブレヒトの考えは魅力的だった」と語る彼女は、ブレヒトの音楽理論を理解し、魅力を感じながらも、ブレヒトの戯曲に自身が作曲をすることはなかった。ただし、そこには明らかに従来のオペラや芝居の音楽の考え方とは違う魅力があると自覚していた。

ブレヒト・ソングを作曲する直接の契機は、一九八四年一月に出版された野村修の訳による『ブレヒト愛の詩集』である。彼女は「この詩集で、演劇人としてのブレヒトではなく、詩人としてのブレヒトに出会い、そんなにひねくれものではなく、ブレヒトの純粋な部分に出会えたような気がした」と語っている。彼女のブレヒト・ソングは全部で8曲だが、そのうち6曲までがこの詩集から取られている。作曲された時期としては、二〇〇六年の作品目録[10]によれば、一九八六年から一九八九年までの四年間に全作品が集中しており、この間の彼女のブレヒト詩への高い関心が裏付けられる。作品目録によれば、初めてのブレヒト・ソングは一九八六年に新日本文学主催のブレヒト没後三〇年記念コンサート用に作曲された『木のグリーンに寄せる朝の挨拶』で、この作品は『愛の詩集』からではなく『家庭用説教集』からの野村修の訳詩であった。しかしながら、それぞれの自筆譜を見てみると『朝に晩に読むために』の楽譜には一九八四年八月三日と記されているので、『愛の詩集』が出た後すぐにこの詩集の作曲に取り掛かっていたことが推測される。また、これらのブレヒト・ソングの録音として一九九〇年に世に出たCDのライナーノーツに寄せられた萩の言葉は、林と彼女のブレヒト・ソングの違いを象徴しているように思える。

ブレヒトの詩には作曲できないと思っていたが、愛の詩集が出て考えが変わった。この頃からソングを

作曲することが少し楽になってきた。流れるように曲を書いてもいいと思うようになってきた。(11)

彼女は劇中歌におけるブレヒト・ソングを「楔を打ち込むように、流れを断ち切るように書かなければならない」と捉えていた。『愛の詩集』に出会ったことで、独立した詩として恋愛をテーマにした「流れるような」ブレヒト詩の違う側面を再発見し、作曲のインパクトを受けた点は興味深い。「ブレヒトの詩と向き合うことは、ロルカやプレヴェールや他の詩人たちと向き合うことと基本的に一緒で、ブレヒトだから特に意識しているということではなかった」という言葉は、林が対峙してきたブレヒトの音楽劇理論から一歩距離を置く萩の立ち位置を象徴している。ただし、みずから歌曲を「ソング」と名づけていることに関しては、「やはり、歌を書くときには歌曲というイメージではなく、ソングと名づけているのはブレヒトと関係があり、そこにブレヒトと自分の創作との影響を感じている」と認めている。「ソング」の作曲とは、彼女にとって「今の時代や今を生きているという感覚を受け取って、今や現実を切り取っていくこと」であるという。萩にとって歌曲ではなく「ソング」を書くという意識のなかで、ブレヒトはその創作の根底に影響を与えているのである。

3・2　萩京子のブレヒト・ソング（資料2　萩京子のブレヒト・ソング一覧）

作曲の際に詩のインパクトを与えるのは、原語で書かれたブレヒトの詩ではなく訳詩であることから、ブレヒト詩のインパクトには、野村修の訳詩も大きな役割を担っているといえる。彼女のブレヒト・ソングの場合、8曲のうちの実に7曲までが野村修の訳詩である。野村の訳については「歌うことを前提に訳されていない野村の訳が曲付けしやすいわけではなかったが、気負わず、自然で素直な詩だ」と感じ、長谷川四郎

『HELP! 萩京子ソング集』（CD）ジャケット・カバー

の訳は「詩として形が整っていてかっこいいが、整いすぎているので曲がつけにくかった」と言及している。「流れるような」ブレヒト・ソングには、「気負わず自然で素直な」野村の訳が相応しかった。というよりも、野村の訳によって萩は劇中歌とは違うブレヒトの新しい側面を再発見することができたともいえるのである。林が劇中歌におけるブレヒト・ソングの機能を考えて、その日本語の歌詞を自分で「作る」という意識をもったのに対して、彼女が訳詩に対して多少の変更を加えることはあっても、大筋「素直に」曲づけをしていることは対照的である。その「素直さ」は、訳詩のもつ日本語の高低と言葉の切れ目に対して、日本語が聞き取り辛くなることを極力避けて、言葉の聞き取りやすさを尊重した結果であるともいえるのではないだろうか。

ここで、萩のブレヒト・ソングにみられるいくつかの特徴をごく簡単にまとめておきたい。

(1) 調性感が明確で、構成がシンプルな歌が多い。

『マリー・Aの思い出』のブレヒトの曲を髣髴とさせる『暗い柳の木立の影』、『朝に晩に読むために』は、ともに明確なヘ長調で書かれている。ただし、初期ロマン派のシューベルトの歌曲のような叙情性、調性の明確な音楽の清々しさと、詩の内容は「ねじれの位置」にあるといっていい。萩自身「男性のブレヒトが女性を演じて書いてひねくれているので、譜面としてはひねくれたくなかった。美しい不気味さがほしかった」と述べている。一方、林による『朝に晩に読むために』はこの詩の背景としてつけられた「ルート・ベルラウがスペインに赴いたときに、彼女のために書かれたと思われる」という注にインスピレーションを受けている。調性においても、萩の作品よりも複雑にイ長調とイ短調を揺れ動きつつ、スペインのフラメンコの身振りを想起させる作風となっている。

（2）ソングの象徴的な「身振り」として、伴奏の役割が重要である。例としては『朝に晩に読むために』の左手伴奏部分におけるショパンの『雨だれ』を連想させるオスティナート、シューベルトの『楽興の時』の左手の伴奏音型を連想させる『すもの歌』の伴奏部分が挙げられる。伴奏部分はソングの基本的な「身振り」を表現していることが多い。この手法によって、歌手は歌詞に感情移入して過多に感情を表現しなくても済むという効果もあるだろう。

（3）物語の推移、時間の流れを感じさせるドラマを音楽に織り込んだ作品。詩における時間の流れに敏感に対応している。

例としては『木のグリーンに寄せる朝の挨拶』、『あるレビューガールがストリップの最中に考えること』が挙がる。前者では、三連に分かれている物語のドラマの展開が音楽の時間的な流れに反映されている。「禿げ鷹」の登場を象徴する音型、こくこくと変わる情景が8分の9、8分の6、4分の4、4分の3という拍子と調性の変化で表現されている。

（4）前半と後半部分の対立的展開など、ヴァイルやアイスラーのブレヒト・ソングの影響がみられる。例としては『洗濯をたたみながら、汚れちまった無垢のうたう歌』が挙げられる。

（5）詩の内容全体ではなく、言葉や詩の一部からインスピレーションを受けている場合がある。たとえば、『俺が墓地に眠るとき』は『戦場へと歩くおれの歩みはつらく』の第二連だけに作曲している。

萩京子のブレヒトに対するアプローチは、確かにブレヒトの音楽理論に正面から取り組んだ林光とは様々な点でスタンスの違うものであり、ブレヒトの作品から何を受け取るかは、人によっても時代によっても違ってしかるべきなのかもしれない。しかしながら、萩のブレヒト・ソングは「叙情的ブレヒト」や「脱イデオロギー化」といった言葉で安易に括ってしまうことのできるようなものではない。彼女自身「ブレヒトはそばにいて、気になる人のようだ」と語っているように、劇から独立したブレヒト詩の抒情詩としてのインパクトの強さと同時に、その詩の背後に垣間見えるブレヒトの批判精神は、双方とも彼女の音楽の中に明確に表現されているように思う。それは、音楽語法におけるブレヒトの世代を超えた「意味」であり、「普遍的な展開」と捉えることもできるのではないだろうか。

【主要参考文献】

Ⅰ　和書

ブレヒト『ブレヒト　愛の詩集』野村修訳、晶文社、一九八四年。

ブレヒト『ブレヒトの詩』野村修訳、ベルトルト・ブレヒトの仕事3、河出書房新社、一九七二年。

千田是也編『今日の世界は演劇によって再現できるかブレヒト演劇論集』、白水社、一九六二年。

早崎えりな『ベルリン・東京物語』、音楽之友社、一九九四年。

林光『林光 音楽の本』、晶文社、一九七一年。

林光『音楽のつくりかた林光仕事日記』、晶文社、一九八一年。

林光『歩き方を探す』、一ツ橋書房、一九八四年。

林光『私の戦後音楽史 楽士の席から』、平凡社、二〇〇四年。

萩京子、鶴田旭「インタビュー萩京子」、『悲劇喜劇』四九巻五号一九九六年五月所収、七三―七五頁。

林光、佐藤信、谷川道子、桑野隆「座談会 ブレヒト・ルネッサンスのために」、『新日本文学』四一巻九号、一九八六年九月所収、三三―四三頁。

林光「ブレヒト劇の音楽について——演劇への音楽の創造的参加」、『演劇研究』一九五九年十二月号所収、八二—九一頁。

II　洋書

Bertolt Brecht, *Schriften zum Theater*, Frankfurt am Main: Suhrkamp, 1993.

Joachim Lucchesi/ Ronald K.Shull, *Musik bei Brecht*, Frankfurt am Main: Suhrkamp, 1988.

Bertolt Brecht, *Werke (Gedichte)*, Grosse kommentierte Berliner und Frankfurter Ausgabe, Hrsg. von Werner Hecht, Jan Knopf, Werner Mittenzwei, Klaus-Detlef Müller, Frankfurt am Main: Suhrkamp, 1993.

Berltolt Brecht, *Gedichte über die Liebe*, Frankfurt am Main: Suhrkamp, 1982.

Brecht und seine Komponisten, Hrsg.von Albrecht Riethmüller, Laaber:Laaber, 2000.

III　楽譜

林光『歌の本Ⅰ　四季の歌』、一ツ橋書房、二〇〇〇年。

林光『歌の本Ⅱ　恋の歌』、一ツ橋書房、二〇〇一年。

林光『歌の本Ⅲ　ものに寄せる歌』、一ツ橋書房、二〇〇一年。

林光『歌の本Ⅳ　ことに寄せる歌』、一ツ橋書房、二〇〇二年。

萩京子の楽譜については、すべて未出版、自筆譜参照。

【資料1】　林光のブレヒト・ソング（林光歌の本から

A　ソング

「朝に晩に読むために」野村修訳、一九八六年（Morgens und abends zu lesen『恋のうた』所収）。

「けむり」長谷川四郎訳、一九九九年（Der Rauch『ブッコウの哀歌』より『ことに寄せる歌』所収）。

「欠陥」（将軍よ、君の戦車は）野村修訳、一九七六年（General, dein Tank ist ein starker Wagen aus *Deutsche Kriegsfibel, Svendborger Gedichte*『スヴェンボルからの詩』に収められた断章『ドイツ戦争案内』『ものに寄せるうた』所収）。

B　劇中歌としてのソング

「神々と善人たちの無防備の歌」、長谷川四郎訳『セチュアンの善人』より、一九六〇／一九六八年、『ことに寄せる歌』所収。

「けっして来ない聖者の日」、長谷川四郎訳『セチュアンの善人』より、一九六八年、『ことに寄せる歌』所収。

「八匹めの象の歌」、長谷川四郎訳『セチュアンの善人』より、一九六八年、『ものに寄せるうた』所収。

「くらい晩」、長谷川四郎訳『セチュアンの善人』より、一九六八年、『ことに寄せる歌』所収。

「飛行士なのあの人」、長谷川四郎訳『セチュアンの善人』より、一九六八年、『恋の歌』所収。

「好きな男と行きたいの」、長谷川四郎訳『セチュアンの善人』より、一九六八年、『恋の歌』所収。

「煙の歌」、長谷川四郎訳『セチュアンの善人』より、一九六八年、『ことに寄せる歌』所収。

「すべてか無か」、岩淵達治＋林光訳『コミューンの日々』より、一九七一年。

「待ってるわ」、広渡常敏訳『オペラ・白墨の輪』より、一九七八年、グルシェが歌う『恋の歌』所収。

「たちまち過ぎた六月のある日」、千田是也訳『ガリレイの生涯』の劇中歌、一九八六年、『四季の歌』所収。

【資料2】　萩京子によるブレヒト・ソング一覧（1―7までの訳はすべて野村修）

1　「朝に晩に読むために」一九八六年（Morgens und abends zu lesen, 1937）

2　「木のグリーンに寄せる朝の挨拶」一九八六年（Morgendliche Rede an den Baum Griehn『家庭用説教集』よ

り一九五六年版）
3 「暗い柳の木立のかげ」一九八七年（Dunkel im Weidengrund,1920）
4 「あるレビューガールがストリップの最中に考えること」一九八七年（Gedanken eines Revuemädchens während des Entkleidungsaktes,1935）
5 「洗濯をたたみながら、汚れちまった無垢のうたう歌」一九八八年（Lied der verderbten Unschuld beim Wäschefalten 1921、『家庭用説教集』）
6 「俺が墓地に眠るとき」一九八八年（Wenn ich auf dem Kirchhof liegen werde 1944）
7 「すももの歌」一九八八年（Das Pflaumenlied『スヴェンボルの詩より』一九四八年、『プンティラ旦那と従僕マッティ』）
8 「コイナさん談義から」、長谷川四郎訳、一九八九年（Geschichten vom Herrn Keuner）

注

（1）二〇〇六年一一月一三日、東京・こんにゃく座スタジオにて、筆者自身がインタビューを行った。
（2）東京音楽学校における教育劇の上演に関しては、早崎えりな『ベルリン・東京物語』音楽之友社、一九九四年参照。
（3）たとえば、クルト・ヴァイルはブレヒトとの音楽劇を「オペラ改革」のひとつの試みと位置付けていた。
（4）谷川道子他「座談会 ブレヒト・ルネッサンスについて」三四頁。加えて二〇〇六年一二月、大阪外国語大学で行われたヤン・クノップの講演ではブレヒトが「work in progress」の作家であることがたびたび強調されていた。
（5）林光の経歴に関しては主に『私の戦後音楽史』平凡社、二〇〇四年、を参照。
（6）林光「ブレヒト劇の音楽について——演劇への音楽の創造的参加」、『演劇研究』一九五九年一二月号、八八—

八九頁。
（7）林光「ぼくのブレヒト・ソングなど」、『林光 音楽の本』所収、二一四頁。
（8）前掲書、二二〇―二二一頁。
（9）ブレヒト「ソングを歌うことについて」、『今日の世界は演劇によって再現できるか』所収、二四五頁。
（10）二〇〇六年三月にいたみホールで行われた「萩京子個展 新しい合唱音楽の姿を求めて」のプログラム中に掲載された。
（11）『HELP! 萩京子ソング集』一九九〇年コジマ録音、ＣＤライナーノーツより。

III

アイスラーの晩年の創作活動にみるブレヒトの影響
――『クーヤン・ブラクのじゅうたん職工たち』の分析を通して――

和田ちはる　Chiharu Wada

1　アイスラー略歴

ハンス・アイスラー（Hanns Eisler）は、ブレヒトと同じ一八九八年にライプツィヒで生まれた作曲家である。彼は二〇代半ばまでをウィーンで過ごしたあとベルリンに移り、ヒトラーの政権掌握以降十五年に及ぶ亡命を経て、戦後、一九六二年に死去するまで、主に東ベルリンで創作活動をおこなった。

アーノルト・シェーンベルク（Arnold Schönberg）のもとで音楽的な専門教育をうけたウィーン時代には、『ピアノソナタ第1番』でウィーン芸術賞（Künstlerpreis der Stadt Wien）を受賞するなど、若手の前衛的な作曲家として高い評価を得ている。この時期の作品にも協和性や古典的な形式に対するこだわりがすでに見られるとはいえ、それらは兄弟子のクルト・ヴァイル（Kurt Weill）やアントン・ヴェーベルン（Anton Webern）らと同様、特有の複雑さを備えた無調作品であった。

しかしベルリンに移った一九二五年以降、アイスラーは労働者合唱団などとの結びつきを通して労働者音楽運動との関わりを深めてゆく。そしてついに、シェーンベルクに代表される複雑な現代音楽を大衆から遊離していると批判して、これと決別するのである。その後、二〇年代後半から三〇年代前半にかけては、その音楽はもっぱら音楽の教養教育を受けていない人々のために書かれ、この時期には労働者合唱団のための合唱曲や舞台音楽、デモ行進曲などが多く生まれた。ブレヒトのテクストにつけた最初の音楽は、一九二八年の舞台『カルカッタ5月4日』（*Kalkutta, 4. Mai, Feuchtwanger*）のなかの『兵士のバラード』（*Ballade vom Soldaten*）である。

アイスラーとブレヒトとの本格的な共同作業は一九三〇年ごろ始まり、その成果は、教育劇『処置』（*Die Maßnahme*, 1930）、『母』（*Die Mutter*, 1931）、映画『クーレ・ヴァンペ』（*Kuhle Wampe*, 1932）などの歴史的な作品として結実した。彼らの共同作業は徹底的な議論と相互批判の上に成り立っていた。アイスラーのテクストへの批判が、表現やリズムに関する問題のみならず、テーマそのものや政治的な事がらにも及んでいた一方で、ブレヒトも作品全体の流れを左右する音楽に対して、非常に具体的な要求を持っていたからである。ブレヒトが自分の作品につけられる音楽に期待する効果は極めて大きなもので、アイスラーは後に「それは時に過大評価だとさえ思え、音楽家にとってはまったく驚くべきものだった」と回想している（Eisler 1975: 74）。この時期の経験は、アイスラーのその後の創作活動全般に大きな影響を与えるものであった。

しかしヒトラーが政権を獲得した一九三三年に、アイスラーはそれまでの積極的な労働運動への関与のために亡命を余儀なくされる。彼は一九三七年までの大部分をヨーロッパの各地で過ごし――ブレヒトの亡命先であったデンマークも何度も訪れた――、この時期には舞台作品『まる頭ととんがり頭』（*Die Rundköpfe und die Spitzköpfe*, 1935）（脚本＝ブレヒト）、合唱カンタータ『戦争反対』（*Gegen den Krieg*, 1936）（詞＝ブレヒト）、『室内カンタータ』（*Die Kammerkantaten*, 1937）（詞＝シローネ）など、反ファシズムの主題をもつさまざまな形式の音楽が意欲的に書かれた。アイスラーの最大規模の作品『ドイツシンフォニー』(*Deutsche Symphonie*, 1936-58)(詞=ブレヒト)も大部分がこの時期に作曲されている。一九三八年にニューヨークの新社会学研究所に職を得てアメリカに移ってからは、映画音楽の研究と実践のかたわら、多くの歌曲を書いた。これらはのちに『ハリウッド歌曲集』(*Hollywood-Liederbuch*)としてまとめられたが、ここには『5つの悲歌』(*Fünf Elegien*, 1942)をはじめとする多くのブレヒト作品が含まれている。亡命地アメリカではさまざまな事情がブレヒトとアイスラーの大規模な共同作業を妨げたが、それでも一九四二年に二人が再会して以降、『シモーヌ・マシャールの幻覚』(*Die Gesichte der Simone Machard*, 1943)、『第三帝国の恐怖と貧困』(*Furcht und Elend des dritten Reiches*, 1945)、『ガリレイの生涯』(*Leben des Galilei*, 1947)といった舞台作品が生まれた。

一九四八年に非米活動委員会の国外退去処分によりアメリカを去ったアイスラーは、プラハ、ウィーンなどを経たのち、ブレヒトに数ヶ月遅れて一九五〇年にドイツ民主共和国、いわゆる東ドイツの首都ベルリンに移り住んだ。一九四九年にアイスラーがヨハネス・ベッヒャー(Johannes R. Becher)のテクストに基づいて作曲した歌曲は東ドイツ国歌に選ばれた。しかし東ドイツの芸術政策は一九五〇年前後、すでに確実な硬直化の兆しを見せていた。一九五三年にはアイスラーの自作のオペラ台本『ヨハン・ファウストゥス』(*Johann Faustus*)がフォルマリズムの非難をうけ、この計画が完全に挫折したため、アイスラーは失意のうちに一時的にベルリンを離れる。それでもブレヒトの仲裁で一九五五年に帰国してからは、大規模な選集『歌曲とカンタータ』の出版も決定し、比較的順調な創作活動を再開した。(1)

ブレヒトは一九五六年の夏に急死したが、アイスラーはその後も引き続き、むしろ精力的にブレヒトの過去の作品に音楽を書いていった。本稿で採り上げる『クーヤン・ブラクのじゅうたん職工たち』(*Die*

Teppichweber von Kujan-Bulak, 1957）もそのひとつである。そこには厳密な意味での共同制作のプロセスはもはや存在しえない。しかしこれらの作品にも、それまでに構築された彼らの芸術観が明らかに生きていた。

ブレヒトの死後には、ソビエト連邦におけるスターリン批判に伴って東側諸国の文化政策上の締め付けが緩んだ、いわゆる「雪解け」の影響もあり、アイスラーの亡命期の作品が次々と初演される。そこにはブレヒトのテクストをもち、長く演奏の機会を見なかった『レーニン・レクイエム』（*Lenin-Requiem*, 1937）や『ドイツシンフォニー』も含まれている。遺作となった『厳粛な歌』（*Ernste Gesänge*, 1962）の5曲目が、スターリン批判が行われたソビエト連邦の党大会をそのままタイトルとした〈第二〇回党大会〉（*XX.Parteitag*）であることは、アイスラーがこれをきわめて重く捉えていたことを示している。しかし彼はこの作品の初演を待たず、一九六二年九月に他界した。

2　『クーヤン・ブラクのじゅうたん職工たち』

2・1　ブレヒトの死

一九五六年、ブレヒトがアイスラーとの共同制作作品である『ガリレイの生涯』の、戦後改定版のベルリン初演に向けて稽古中に体調をくずして入院したとき、アイスラーは彼を元気付けようと1曲のカノンを作曲した。『病院カノン』（*Kanon für die Charité*）と名付けられた、わずか7小節の小さなこの作品は「病は去り、ブレヒトは生き残る」という歌詞を、明るく素朴にいつまでも繰り返すように作られている。(2) しかしブレヒトがその病から回復することはなかった。

ブレヒトの急死はアイスラーにとって大きなショックだった。アイスラーが『ブレヒトの死に寄せるカンタータ』(*Kantate auf den Tod Bertolt Brechts*) と題して同年九月に『新ドイツ』紙に発表したテクストは、先の『レーニン・レクイエム』のもととなったブレヒトの『レーニンの命日のカンタータ』(*Kantate zu Lenins Todestag*, 1935) にならって作られており、その最初と最後のモチーフは、ほぼ名前を入れ替えたのみで転用されている。

Ⅰ　ブレヒトが死んだとき/私は信じまいとした/私は入った/彼の横たわる部屋に/そしてかれに語りかけた/「ベルト！搾取者が来たぞ！」/でも彼は動かなかった/だからわかったのだ、彼は死んだのだと。

Ⅱ　彼はこの世界が気に入らず/――彼はそれを変えようとしたのだが――/あまりに急いで去ってしまった/仕事を終えて/嘆きの方が彼を覆うのにはふさわしい/土よりも/彼は地面を動き回るのはあまり好きじゃなかった

Ⅲ　資本家の自由も/役人の傲慢も/彼は喜ばなかった

Ⅳ　敬愛する友よ/君をどうたたえたらいいだろう？/でももう君は自分で/記念碑を建てたのだ/君の詩は/銅よりも長く残るだろう

Ⅴ　そして君はたたえられる/労働者階級の大きな心の中で

アイスラーがこの自作のテクストに音楽をつけることはなかった。しかしこの詩はその後のアイスラーの姿勢を物語っている。ブレヒトの死の直後に『新ドイツ』紙に寄稿した追悼文で、アイスラーは「ブレヒトに敬意を払うということはその作品を生き生きとさせることだ」と述べ、そのためにできるだけのことをし

ブレヒト（右）とアイスラー（1950 年頃）

たいと語ったが（Eisler 1982: 361）、彼の晩年の創作活動は、まさにブレヒトの詩と美学を銅よりも長く、そして「琥珀のなかのハエのように[3]」生き生きと保存しようとする試みであった。

ブレヒトの死後、アイスラーは以前にも増して精力的にブレヒトの作品を上演し、ブレヒトについて語り、ブレヒトの美学を実践しようとしていたように見える。ブレヒトの死の前後に書き上げられた舞台音楽には、『コミューンの日々』（*Die Tage der Commune*, 1956）、『第二次世界大戦中のシュヴェイク』（*Schweyk im Zweiten Weltkrieg*, 1956）、『ガリレイの生涯』（戦後の改訂版）があげられるが、これらの上演のほかにも、アイスラーは多くのブレヒトの舞台作品の初演や再演に尽力している。この時期の比較的大規模な歌曲作品としては『クーヤン・ブラクのじゅうたん職工たち』のほかに『戦争案内からの情景』（*Bilder aus der »Kriegsfibel«*）があるが、これらはいわばブレヒトへのオマージュと考えることができる。

2・2 作品分析

『クーヤン・ブラクのじゅうたん職工たち』は、一九三九年に編集されたブレヒトの『スヴェンボリ詩集』(*Svendborger Gedichte*) の第3部の6番目、『クーヤン・ブラクのじゅうたん職工たちはレーニンをたたえる』(*Die Teppichweber von Kujan-Bulak ehren Lenin*, 1929) に基づくものである。あわせて7つの部分（便宜上、以下ではこれを「楽章」とよぶ）からなるこの作品では、それぞれの冒頭に調号が付されており、その意味ではれっきとした調性音楽である。しかし実際には、無調的な響きが支配的な1、3、5楽章と、ほとんど同型の変イ長調の明るく伸びやかな行進曲を中心的な要素としてもつ2、4、6楽章が交互に現れて好対照をなす構成になっている。また7楽章の旋律はもともとは映画音楽の一部として成立し、その後『ガリレイの生涯』の戦後の改定に際して、新たに書かれた第4部のヴァリアンテに用いられたものである。しかし6楽章の最後で7楽章のモチーフが先取りされて引用されたり、7楽章の最後で1楽章の響きが回想されることによって、これはその全体の中に違和感なく組み込まれている。

より細かい和声や旋律断片に目を向ければ、この作品が比較的少ない音楽素材を変形したり組み合わせたりして作られていることがわかる。3楽章から6楽章までのもととなる素材は1、2楽章でほぼ完全に出きっている。限定された素材を発展させて繰り返し使うというやり方は、アイスラーがシェーンベルクから受け継いだ特徴のひとつであるが、このような手法もまた、全体に統一性をもたせるのに役立っている。そのため音楽的には、組曲や7楽章構成の楽曲とみなすよりは、むしろ全体でひとつの楽章と考える方が妥当である。

2、4、6楽章でソロ歌手によって歌われる変イ長調の行進曲と、2、5、6楽章で伴奏楽器によって演奏されるへ短調の行進曲は、共にこの作品の印象に決定的な影響を及ぼしている。これらはいずれも、行進曲としては全く実用性がない。なぜなら前者では複数の拍にまたがる音価の大きな三連符が、後者ではたびたび挿入される勢いのある上下行音階が、規則的な前進を止めてしまうからである。しかしまさにこれらの行進曲の明朗でのびやかな様子は、この作品の解釈においても重要な意味をもっている。ここでは歌詞のついた変イ長調の行進曲について見てみよう。

最初にこの行進曲がでてくるのは2楽章の冒頭、職工たちの生活が熱病によって深刻に脅かされていることを説明する部分である（譜例1）。楽天的な音楽と深刻な歌詞内容の不釣合いな組み合わせはここで、聴き手が音楽に同調して歌詞の内容をなんとなく聞き流してしまうことを妨げる。パウル・デッサウとフリードリヒ・ゴルトマンは、この箇所を「語られる状況が本質的に必然なのではなく、変更可能であることを示すもの」と述べたが（Dessau u. Goldmann: 223）、それはつまり、この対照的な組み合わせの生みだす後味の悪さが、聴き手の素通りしそうになる意識を引きとめることによって、聴き手が歌詞の内容をより客観的に捕らえ、さらにその状況を冷静に分析するきっかけになるということであろう。もしここに、職工たちの逼迫した生活を象徴的に描き出すような暗く重苦しい音楽がついていたとしたら、聴き手はその音楽によって彼らに対する同情や哀れみを感じるかもしれない。しかしそれは職工たちの生活苦そのものに向けられた意識ではない。したがって聴き手は、彼らの生活を脅かす特定の状況の原因究明やその打開策に関心を抱くことなく、ただ職工たちが気の毒だということのみを記憶することになるだろう。歌詞に同調する音楽は、結果的に状況そのものから聴き手の目をそらさせ、結局はその状況を与えられた不変の条件として容認させることになってしまいかねない。これに対して、この明るい行進曲は同情や哀れみといった感情からは遠く隔たっているため、聴き手は語られている内容に対して心理的に距離をとらざるをえないのである。さらにこの行進曲が進行の途中で唐突に不協和音によって断ち切られることも、感情的な同化を妨げることに貢献している。

譜例 1：Nr.2 冒頭の変イ長調の行進曲（T.124-33）ソプラノ・ソロ

Zwan - zig Tep - pich - we - ber stehn dort a - bends fie - ber - ge - schüt - telt auf von dem ärm - li - chen Web - stuhl.
Fie - ber geht um: die Bahn - sta - tion ist er - füllt von dem Summen der Stechmücken dik - ker

譜例 2：Nr.1 冒頭（T.1-5）器楽伴奏（ピアノ編曲譜）

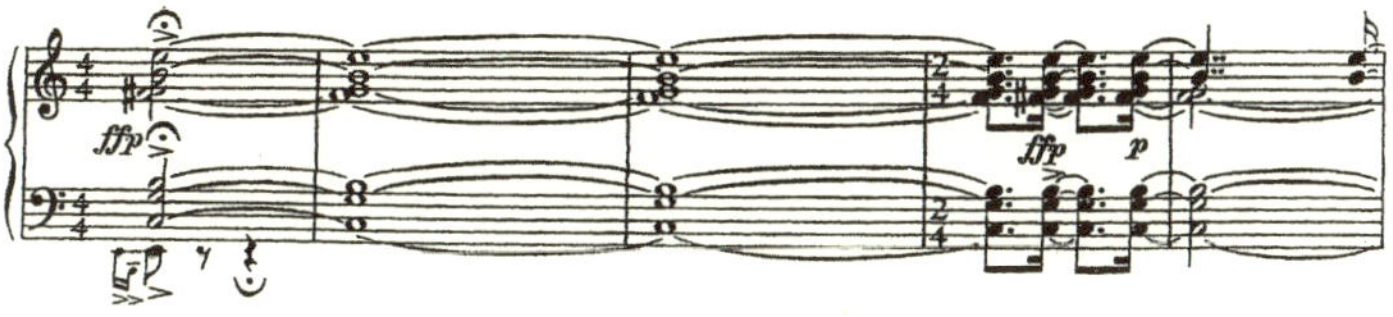
ffp
ffp
p

譜例 3：Nr.7 の最終部分（T.167-168）ソプラノ・ソロ＋器楽伴奏（ピアノ編曲譜）

Und sie machten auch das noch
und setzten die Ta - fel.
fp
fp
molto

譜例 4：Nr.2 のヘ短調の行進曲（T.52-53）と Nr.6 の転回形（T.137-138）器楽伴奏（ピアノ編曲譜）

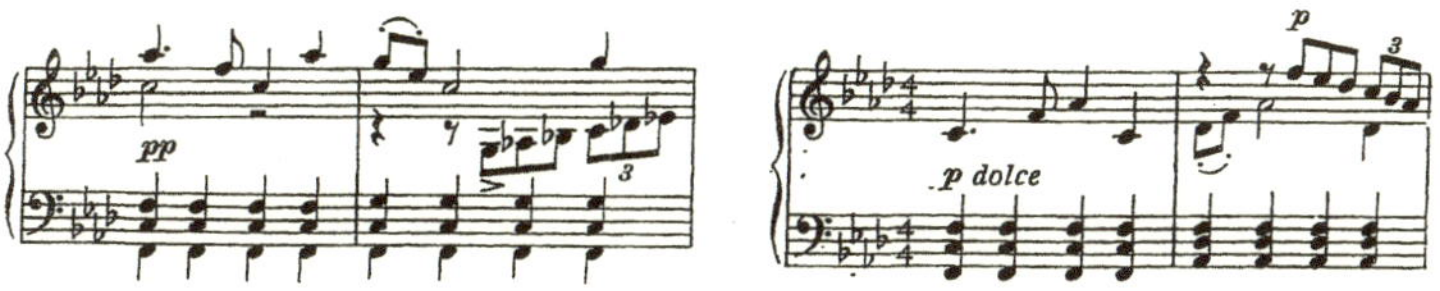
pp
p dolce
p

譜例 5：Nr.3 冒頭（T.64-66）器楽伴奏（ピアノ編曲譜）

6 (2×3)
p

2回目以降でこの旋律が使われている部分の歌詞を見てみると、この行進曲が歌詞の内容を結びつけ、それらを対比させることによって、それらにあらたな意味づけをおこなっていることがわかる。2度目の行進曲は、1度目の行進曲の後に不協和な分断の小節をはさんですぐ、わずかなリズム変更を伴った形であらわれる。歌詞はレーニンが表彰されるという知らせが村にもたらされたことを告げており、ここだけを見れば、この長調の行進曲は変化のきっかけの暗示とも、運ばれてきた「よい知らせ」を体現するものとも解釈しうる。しかし同じ旋律にのせて語られた直前の内容を思い出すとき、それはひとつの必然的な疑問へと結びつく――「その知らせが一体なんの役に立つのか？」3回目は4楽章の冒頭で、職工たちが自分たちの村にもレーニンの胸像を立てようと、必死に工面したお金を出しあう場面である。職工たちが熱に震える手でお金を差し出す、というテクストが明るい行進曲にのせて歌われるときに生じる違和感は、ここで決定的な効果を発揮する。上述の疑問はいっそう具体的に強調されることになるだろう――「胸像が熱病や貧困を改善するか？」

最後にこの行進曲が現れるのは6楽章の冒頭、すなわち彼らが「胸像のお金を熱病の根絶に使おう」というひとりの兵士の提案を受け入れて、熱病を媒介する蚊の発生源に灯油をまく場面である。ここでこの行進曲ははじめて、その本領であるところの、未来へ向けた前進という肯定的な性格を帯びることができる。ここで肯定されているのは熱病の根絶という行為だけではない。4回繰り返されたこの行進曲は、これが胸像を建てる代わりになされた行為であることを強く印象付けるからである。音楽によって提示された疑問に、ここで音楽によって回答がなされているといえる。

続いてこの作品全体の構造を見てみよう。アイスラーは、当初2連であったブレヒトのテクストを7つに細分化して音楽の構造のなかに組み込むことで、音楽を歌詞内容に独特な形で介入させることに成功している。ブレヒトのオリジナルの詩は、導入とクーヤン・ブラクの「物語」の部分にあたる長い第1連と、のちにその経緯が肯定され、記念されたことを告げる短い第2連に分かれている。この分割方法によって、「物語」の内容のみならず、分量的には多くない事後談の方、つまり「物語」に対する判断とそこから学ぶ姿勢の重要性も強調されているのである。

これに対してアイスラーの音楽は、ブレヒトの第1連と第2連の冒頭の1行までを6つに分け、残りをひとつに数えた全部で7つの部分から構成されている。さらにこの作品は、まん中の4楽章を中心に、それほど厳格な形ではないが、音楽的にはほぼシンメトリックといえる構造になっている。ここで注目すべきことは、本来「物語」全体と並列におかれていた締めくくりの内容が、「物語」の導入の部分のみと対置させられることによって、事後談の重要性は相対的に減少し、全体の重心がより「物語」の内容のほうに動かされる、ということである。

1楽章と7楽章は、「物語」を語る前と後、つまり語り手にとっての現在である。この2つの楽章は、7楽章の最後に再び登場する、1楽章の特徴的な和音によって、全体の枠にあたるものを構成している。アイスラーの音楽ではこの大枠の内側に「物語」の次元がはめ込まれているのである。レーニンへの敬意が一般にどのように示されるかを説明する1楽章前半の伴奏には、ハ長調の主和音（c-e-g）にその構成音と半音ずれた2音（h-fis）からなる五度を付け加えた、きわめて特徴的なひとつの和音のみが用いられている。鋭い強弱差によって強調されたこの和音は、すでに慣例化した不動の姿勢を象徴的に示しており、作品の冒頭の響きとして特に印象に残るものである（譜例2）。この和音の響きが、「物語」が終わって、クーヤン・ブラクの人々の行為が記念されたことを伝える7楽章最後の2小節で、変奏された冒頭の歌の旋律を伴って再び回想される。但し7楽章の伴奏和音からはfisがなくなり、代わりに歌の旋律がfisで始まっている

(譜例3)。この2つの楽章では、歌のパートに下降音型の連続を基調とする朗唱風の旋律が当てられており、比較的音価の大きい三連符が多用される独特な雰囲気も類似したものである。

2楽章から6楽章までの5つの場面に区切られた「物語」の中にも対応関係がある。先の変イ長調の行進曲が2、4、6楽章に配置されていることのみならず、その他の和声的、構造的な類似性によっても対応関係が構築されている。それによって、音楽につけられたテクストは新しい枠組みのもとで特殊な強調のされ方をすることになる。例えば2楽章で提示される、熱病に苦しむ職工たちの生活の過酷な現状は、対応する6楽章で、熱病根絶のために灯油がまかれることによって改善の兆しを見せるが、この2つの楽章はどちらも変イ長調の行進曲で始まっており、6楽章冒頭には、2楽章のテンポで演奏するように、という指示がある。このことによってこの部分では2楽章が直接引き合いに出されることになる。またどちらの楽章も器楽による後奏部分を持っていて、そこではヘ短調の行進曲が演奏されるが、6楽章ではこれは旋律の向きがさかさまになった転回形としてあらわれる(譜例4)。

3楽章では、職工たちは胸像を建てるという一般的な敬意の示し方を踏襲しようと決意した。ここでは半音ずれた2種類の短三度の分散和音が伴奏楽器によって重ねて演奏され、その曇った不協和な響きがこの楽章全体の背景となっている(譜例5)。対応する5楽章は、職工たちが赤軍兵士の熱病の根絶と生活の改善のための投資という現状に即した提案の内容とそれを受け入れることを決断する場面であるが、前半の提案部分は3楽章とは対照的に、強調された重厚な和音伴奏を背景に、eとdの2つの音だけで構成された歌が頻繁なオクターヴの移動を繰り返しながらリズムの変化のみで旋律を構成する。続いて2楽章後奏のヘ短調の行進曲が間奏として挿入された後、半音ずれた2種類の強調された三和音による伴奏を背景に、歌はフォルティッシモで「彼らはそれを決断した」と告げるのである。

まん中の4楽章は「物語」の中心であるのみならず、音楽全体でみても中心に位置している。前述のとおり職工たちが熱に苦しみながらお金を差し出す様子が明るい変イ長調の行進曲で歌われる。前半ではそれを見た赤軍兵士が、従来とは別の方法でも敬意を示すことができることに思いいたる場面であり、これは音程差の小さい語り風の旋律で、5楽章の後半と同じ半音ずれた2種類の和音伴奏と共に歌われる。提案の具体的な内容はここではまだ語られない。提案の予告のみでひとつの楽章が構成されることによって、その内容とは別に、新しいことを提案するという行為そのものも強調されている。

このように音楽が単独でさまざまな関連を作品中に構築することによって、音楽はテクストとは独立してふるまうことができる。つまり歌詞の内容に対して独自の姿勢を示したり、これに注釈を施すことが可能になるのである。7楽章の旋律の原型が登場するのは『ガリレイの生涯』のなかでも、ガリレイがフィレンツェの自宅で、王宮の哲学者と数学者によって、新しい天体についての発見を古い権威に対する挑発として退けられる第4部である。この部分の冒頭には「古いものは言う、私は昔からいまのとおりだった、と／新しいものは言う、お前がよくないなら消えてしまえ、と」というモットーが掲げられている(4)。アイスラーは戦後の版で、このモットーに新たに音楽をつけたが、『クーヤン・ブラクのじゅうたん職工たち』の7楽章では、この部分の器楽の旋律が歌として歌われるのである。ここは「物語」が終わり、胸像を建てる代わりに現状に対して実際に有効な対策を講じたことは、結果的にレーニンのやり方を踏襲していたのだということが確認される場面である。この作品の聴き手に、この楽章の旋律からガリレイの当該箇所の内容を思い起こすことはおそらく期待されてはいないだろう。しかしスターリン批判のあとの一九五七年という時期を考えれば、このような引用に、硬直した個人崇拝に対するアイスラーの反感を読み取ることは、それほど無理ではないように思われる。

3　アイスラーの晩年の創作活動とブレヒト

『クーヤン・ブラクのじゅうたん職工たち』のモットーとして、アイスラーはブレヒトの「とりわけ重要なのは、深遠なものには陽気に接し、権威者を友人としての好意をもって歓迎することである」という言葉を掲げた。この作品の音楽素材のなかで、「物語」の進行に直接関与し、それゆえに最も中心的な役割を担っているといえるのは明らかに先の変イ長調の明るい行進曲である。職工たちの「物語」はそれを通じて、このブレヒトの言葉へと行き着く。

一九五五年にアイスラーの選集『歌曲とカンタータ』の第1巻が出版されたが、それに付されたブレヒトによる序言はアイスラーの音楽の美学的な意義を端的に説明するものである。その中でブレヒトはまず、作品がアイスラーの意思で順不同に並べられていることに言及し、肝心なのは、まずそれらの作品を見渡してそれに触れ、それらに慣れることであるとのべている。一九二〇年代から三〇年代のアイスラーの歌曲作品の多くは、階級闘争や反ファシズムといった具体的な目的をもつ、本質的に闘争的で、いわば直接革命的なものであった。しかしアメリカ亡命中、また戦後新しく歩みだしたばかりの東ドイツで書かれた音楽は、それらとは趣を異にしている。この選集の特に初めの2巻には、実際にさまざまな時代の作品がランダムに収められているが、それはこのような多面性を目に見える形で示すものである。この「多くの矛盾する側面」は示唆に富み、その作品は「歌い手と聴き手とを、楽しませつつ変化させる」とブレヒトは言う。

アーレントはこのブレヒトの指摘を「無定形の大衆のためのアイスラーの音楽の歴史的な意味ではなく、その個々に記されたものの現実的な可能性の強調」と評価したが（Ahrend: 255）、この「楽しみ」が単純な享楽や気分転換という意味ではなく、より本質的で、かつ思考と結びついたものであることは、ブレヒトの音楽観を振り返るアイスラーの発言からもわかる。アイスラーは『意味と形式』誌のブレヒト追悼号への寄稿文のなかで次のように述べた。

ブレヒトはある種の音楽に対して強い拒絶反応を示していて、それ以外の音楽のことを「音楽」Musikではなく「ミズーク」Misukと呼ぶことを思いついた。ミズークは特定の音楽のあり方を意味している。［…］このミズークを説明するのは音楽家には難しい。それは退廃的でも形式主義的でもなく、むしろ高度に民衆的なものだ。［…］このミズークという言葉には、大きなホールで、燕尾服を着たしかめ面の紳士たちによって音楽が儀式へと変えられることへの嫌悪感も含まれている。［…］私の理解が正しければ、ミズークは、たとえば交響曲の演奏会やオペラにつきものの感情的な混乱を避けることを意図した、芸術のひとつのあり方だといえるだろう。ブレヒトは脳みそをクロークに預けるような真似は決してしたがらなかったから。理性的な思考を彼は最上の娯楽と考えていた。(Eisler 1982: 373-374)

ブレヒトが嫌った、極端な感情移入や酩酊状態をひきおこす音楽の危険性はアイスラー自身もよく理解しており、この問題はすでに一九三〇年代にも、ドイツのファシズム的音楽政策を批判するアイスラーの論文の中で、しばしば指摘されている。また思考することを楽しみとみなしていたのはアイスラーも同じであった。ブレヒトと長くともに仕事をしていたヴェックヴェルト (Manfred Wekwerth) は、後年こう回想している。

アイスラーはまさに、私が思うに、思考の瞬間にその思考を楽しみへと作り変える人だった。彼の場合、感情と理性の間には少しも乖離がなく、それらは彼の思考の楽しみを実現するための一体物であった。［…］（論争には）大きな楽しみを持ってのぞまなくてはならない［…］そこではアイスラーは実践的で本質的な思考と、思考を楽しむことの師であった。その意味で、彼はブレヒトの不可欠な補完物であったと思う。(Wekwerth: 156)

しかしブレヒトがこの「民衆的で理性的な」ミズークについてアイスラーに語ったとき、アイスラーはこれを一笑に付した。クルト・シュヴェーン (Kurt Schwaen) によれば、ブレヒトのいうミズークは「音楽と同様に響きの芸術だが、そこにいかなる法則や規則も容認しない」というものであり、これは新しい音楽の方向性に対する嫌悪感に端を発していたようである (Schwaen: 51)。シェーンベルク楽派の作曲家たちの手法に対するブレヒトの批判的な見解をよく知っていたアイスラーには、このような提案は行き過ぎた冗談としか聞こえなかったのであろう。

だがブレヒトは冗談のつもりではなかったようだ。デュームリング (Albrecht Dümling) は、ブレヒトが伝統的な音楽の危険性をその規則性や法則性に帰しており、その構成原理がよく見とおせないときほど、音楽の持つ力を恐れたのではないか、と指摘する。ブレヒトはそれゆえに、即興的でゆるくつなぎ合わされた響きの連続を「ミズーク」としてその対極に置いたのではないか (Dümling: 624)。当時ブレヒトのいうミズークを実際に試みたというシュヴェーンはそのときの様子を次のように振り返る。

詩と音楽のどちらも損なうことなく、詩に音楽をつけることができるだろうか？［…］ブレヒトは言った、やってみよう、と。彼は［…］２オクターヴの鍵盤と和音のためのボタンがいくつかついたハルモニウムをもっていた。私たちはそれを使った。彼は用心深く、聞き手に考える時間を与えながら詩を朗読した。タバコをすいながら。おんぼろハルモニウムでは、なにかを演出しようとしているとか、荘厳さや気分を出そうとしているとは疑われようもなかった。私は、ブレヒトが私のためにたっぷりとってくれる休符の間に音を出そうと努力した。その響きは確かに独立してはいたが、しかしいずれにせよ独創性の点では優れているとはいえなかった。(ibid.: 51-52)

アイスラーは、既成の法則を撤廃するというブレヒトのミズークを直接採用することはなかったものの、その意向を彼なりに解釈し、尊重していた。「詩と音楽のどちらも損なうことなく詩に音楽をつける」ためにアイスラーが目指したのは、先の『クーヤン・ブラクのじゅうたん職工たち』の例で見たように、やはり詩からは独立してそれ自身の姿勢を持った音楽だったのであり、音楽と詩はそのような独立性をもって初めて、新しく幾重にも築かれた関係の広がりの中で、聴き手や演奏者に対するアプローチの可能性を拡大することができる。『歌曲とカンタータ』の序言でブレヒトはこのことを、「(アイスラーは)そのテクストを簡単には使い尽くさず、それと向き合い、アイスラー自身のものをそれに加える」と説明した。音楽がつくことで、詩はいっそう豊かにされうること、それは音楽とテクストのどちらかの優位にかたむくのではなく、全体として機能することを、ブレヒトはアイスラーの作品から確かに感じとっていたに違いない。

その全体的な姿勢は究極的には革命的である。この音楽は聴いたり演奏したりすることによって、大きな刺激と時代の洞察とを発展させるのだ、この種の作品があらゆる楽しみと道徳の源となるようなひとつの時代の。その音楽は新しいしなやかさと力、忍耐と機転、苛立ちと用心深さ、野心的な精神と自己

犠牲的な精神とをもたらす。(Brecht 1955)

「繊細かつ積極的」なアイスラーの作品は、このような多面性を通して、一定の解釈や正解を押し付けることなく、各自の思考のプロセスを経て受け入れられるべきものである。そうすることによって、かつて特定の時代や社会背景を前提としていた音楽は、別の状況においては別の、しかし聴き手や演奏者にとっては同様にアクチュアルな新たな意義を獲得しうるといえよう。この意味で、「彼の作品に触れることで、君たちは、まさに生まれんとしている新しい世界の動機と見通しとを手にするだろう」というブレヒトの締めくくりの言葉は、当時の新しい社会の構成員のみならず、すべての人々に対していまなお有効である。ブレヒトがたたえたアイスラーの「高度に自発的な社会的責任感」は、まさに音楽とそのテクストを、時代を超えて生き生きと保つための鍵であったといえるだろう。

引用・参考文献

Ahrend, Thomas. „Materialien zur Editionsgeschichte der Lieder und Kantaten von Hanns Eisler.“ In: *Musik in der DDR*. Berlin, 2005, S.238-259.

Brecht, Bertolt. *Gedichte 2: Sammlungen 1938-1956*. Berlin/Weimar: Aufbau-Verlag, 1988. (Grosse Kommentierte Berliner und Frankfurter Ausgabe. Band 12)

Brecht, Bertolt. „Zum Geleit.“ In: Hanns Eisler. *Lieder und Kantaten*. Bd. I, Leipzig: VEB Breitkopf & Härtel Musikverlag, 1955.

Dessau, Paul u. Friedrich Goldmann. „Versuch einer Analyse zu Hanns Eislers Kantate «Die Teppichweber von

Kujan-Bulak.»“ In: *Sinn und Form. Sonderheft Hanns Eisler.* Berlin: Rütten&Loening, 1964, S.219-227.

Dümling, Albrecht. *Laßt euch nicht verführen: Brecht und die Musik.* München: Kindler, 1985.

Eisler, Hanns. *Musik und Politik: Schriften 1948-1962.* Leipzig: VEB Deutscher Verlag für Musik, 1982. (Hanns Eisler Gesammelte Werke. Serie III/2)

Eisler, Hanns. *Gespräch mit Hanns Bunge: Fragen Sie mehr über Brecht.* Leipzig: VEB Deutscher Verlag für Musik, 1975. (Hanns Eisler Gesammelte Werke. Serie III/7)

Schwaen, Kurt. *Stufen und Intervalle: Ein Komponist zwischen Gesellschafts- und Notensystemen.* Essen: Die Blaue Eule, 2005.

Wekwerth, Manfred. Aus:„Künstlerischer und Politischer Fortschritt: Protokoll einer Podiumsdiskussion während des Eisler-Kolloquiums am 29. November 1973.“ In: *Hanns Eisler heute.* Berlin, 1974, S. 155-157. (Arbeitsheft 19. Forum: Musik in der DDR)

参考楽譜

Eisler, Hanns. „Galileo.“ In: *Lider und Kantaten.* Bd. IV, S.156-207.

引用楽譜

Eisler, Hanns. *Die Teppichweber von Kujan-Bulak.* Leipzig: VEB Deutscher Verlag für Musik, 1970.

注

（1）『歌曲とカンタータ』全一〇巻（*Lieder und Kantaten*, 1956-66）。この出版の背景にもブレヒトの大きな尽力があったが、いずれにしてもこのような大規模な作品集の出版が決定されたことは「ファウストゥス論争後のアイスラーの苦労への反応と理解することができる」（Ahrend: 240-241）。

（2）未出版。Akademie der Künste, Hanns Eisler Archiv 1200.

（3）ブレヒトは「音楽は私の詩を琥珀の中のハエのように保存してくれる。だから私はできるだけ多くの作曲家に作曲してほしい」と言っていた、とアイスラーは後年、ブンゲとの対話の中で回想している（Eisler 1975: 66）。

（4）B. Brecht: *Stücke 5* (*Große Kommentierte Berliner und Frankfurter Ausgabe*, Bd.5), 1988, S. 215. なお、日本語訳は岩淵達治訳『ブレヒト戯曲全集４』一九八八年、二四一ページを参照させていただいた。

本稿は二〇〇六年二月一八日に大阪音楽大学で開かれた、科研費プロジェクト「ブレヒトと音楽」／「ブレヒトとドイツ二十世紀演劇研究会」主催の研究会での報告を、大幅に加筆訂正したものである。

あとがき

――シリーズ〈ブレヒトと音楽〉刊行によせて――

ブレヒトが創作した二三〇〇以上の詩と、未完の断片を含む一〇〇近い戯曲のほとんどに音楽とのつながりが見られる。ブレヒトほど音楽と結びつけて創作活動を行った詩人・劇作家はいないだろう。だが従来のドイツ文学・演劇研究において、ブレヒトと音楽の関係はまったくといっていいほど研究されてこなかった。ブレヒトの初期の詩がソングを想定して書かれたことを論ずる者もいなかった。

ブレヒトの創作活動の出発点はシンガーソングライターとしてだった。アウクスブルクの街頭や居酒屋、自分のお城である屋根裏部屋で、若きブレヒトはギターを弾きながら友人や恋人に自作の詩につけたソングを歌って聞かせた。ワンダーフォーゲル運動の盛んな時代でブレヒトも他の多くの若者と同様にギターを愛用した。ギターを抱えて友人とハイキングしたり、恋人ビーと談笑するブレヒトの写真が残されている。

ストリートミュージシャンだったブレヒトは、歌うために詩を書き、それに曲をつけた（あるいは曲を書き、それに詩をつけた）。ブレヒトはその後、演劇人としての成功を夢見てベルリンに出るが、メーリング、ブロネン、アイスラーなどが最初に見かけたのは、演奏し、歌うブレヒトだった。詩人、作曲家、歌手、演奏者、俳優、演出家という役割を合一したシンガーソングライターとしてのパフォーマンスが、ブレヒトの演劇創造のモデルになっている。

ブレヒトの初期の一幕物『結婚式』の冒頭で、新婦の父親が自分の弟の話をする。「あいつ結構いい声をしてるんだ、低いバスで、合唱団に入ってたからな」。ここでは明らかにブレヒトの父親がモデルになっている。ブレヒト家ではシューベルトなどの歌曲を歌う父親の声が聞こえ、グラモフォンからはクラシック音楽が流れていた。父親は二人の息子にピアノとヴァイオリンを習わせた。

ブレヒトはバッハやモーツアルトを終生愛したが、ワーグナー、ベートーベン、プッチーニなどの音楽も好んで聞いた。ブレヒトがワーグナーやベートーベンを嫌ったという定説は間違ってはいないが、「ナチスの台頭以降」と書き加える必要があるだろう。ブレヒトの青春日記にはベートーベンへの感動が記され、部屋の譜面台には『トリスタンとイゾルデ』のスコアと指揮棒が置かれていたぐらいだから。

アイスラーによれば、ブレヒトが考え出した（音楽ならぬ）オガンク（Misuk）には、ベートーベンの交響曲への拒絶がある。それは「戦争画を想起させる」らしい。「政治の演劇化」というヒトラーの陶酔的な演出に、ワーグナーやベートーベンの音楽が利用されたことは疑いもない。だがリブレットを自分で書き、作曲したワーグナーに共通点を認めていたことも事実だ。ワーグナーの総合芸術にブレヒトは「異化」で挑んだが、ワーグナーとの生産的な対決を追うことが必要だろう。

父親の仕事の都合上、ブレヒト家は下町に住居を構え、ブルジョア社会のいわば「浮島」を形成していた。この偶然が、家庭内の音楽環境・教育以上に、ブレヒトに大きな幸運をもたらした。金持ちのお坊ちゃんはすぐに下町に真の人生を見出し、さまざまなサブカルチャーに親しむようになるからである。大道演歌歌手が歌うモリタートや年の市の見世物小屋の芝居などは、のちの叙事詩的演劇の重要な栄養素となっている。

ブレヒトの屋根裏部屋は悪がきどものたまり場だった。カス、ルート、オルゲ、……、友人たちはいっぱしの芸術家だった。絵描きだったカス（カスパー・ネーアー）以外は、みな音楽的才能に恵まれ、いろいろな楽器が弾けた。弟ヴァルターを含め、彼らはグループサウンズを形成するが、中心にはいつもブレヒトがいた。試演と合評の中で詞と曲は変容していくが、そこにはブレヒトが演劇活動で取った集団創作の原型が見られる。

ベートーベンはメモ魔でひらめいたメロディをすぐに書きとめたようだが、作曲家ブレヒトも負けてはいない。行商人の売り声をメモし、自分の詩に浮かんだ様々な曲想を、詩が書かれた紙の裏などに「速記」した。ブレヒトは初期のほとんどの詩に曲をつけているが、楽譜は自分のパフォーマンスのために記された独特のもので、その多くは消失した。だが残された楽譜を掲載した詩集の出版があってもいいように思う。

『マリー・Aの思い出』のように、よく知られた民謡、流行歌をもとにメロディが作られる場合も多い。作曲家としてもブレヒトは既存のメロディを多く「引用」、「パロディ化」している。『家庭用説教集』に収められた『ベナレスソング』は、アメリカの酒の場で歌われる流行歌で始まるが、スローテンポで歌い上げる「レッツ・ゴー・トゥー・ベナレス」の部分はプッチーニのオペラ『蝶々夫人』のアリア『ある晴れた日』を借用している。

ブレヒトは演劇だけでなく音楽においてもモダニストだった。年の市で演奏されるジャズに強く惹かれたブレヒトは、ヴェーデキントのパフォーマンスにジャズとの親近性を認め、自分の詩に新しいリズム化を図っている。「テクニックなしの、並外れた音楽性」（アイスラー）と驚嘆された才能は、言語表現の中に音楽を前提とした、計算されたリズム化が行われていることにも表れている。

文学作品の読者は、作者と語り手、あるいは主人公の距離を最小限にとどめようとする傾向がある。森鷗外の『舞姫』が人気があるのも、作者を主人公に重ねようとする衝動が働くからだろう。だがブレヒトのいたずら心は「騙し」のテクニックを用いて、私的な領域に読者が足を踏み入れることを阻もうとする。『マリー・A』や『死んだ兵士の伝説』ではこうした「騙し」を打ち破ることによって、新しい解釈への道が開かれる。

本書で取り上げた若きブレヒトの詩の分析を読めば、それが私的な契機から発したものであることがわかるだろう。だがブレヒトは私的な性格を持ちすぎた抒情詩から離れ、「世界の声を付与している」と自ら評す戯曲の領域にシフトしていく。ブレヒトが戯曲の「公的」な機能、距離化された世界に優位性を与えるようになったとき、歌うこと、作曲することは、商品生産の一般的な分業の法則に従い、プロの音楽家に委ねられるようになった。

一九二〇年代後半に始まった、ヴァイルやアイスラーとの共同作業は多くの実りある成果をもたらした。ヴァイルとは世界観や創作理念において波長の違いを見せ、袂を分かつことになるが、アイスラーとの共同作業は終生続いた。音楽的な詩人と詩的な音楽家が、作品の最初の批判者として様々な提案を行い、二つの芸術を統合するという理想的な形態が打ち立てられた。そこには従属関係にないテクストと音楽の共存が見て取れる。

ドイツが統一した一九九〇年、新しい国歌を考えようという運動が起きた。当時、多くの人がふさわしいと考えたのが、ブレヒト作詞、アイスラー作曲の『子どもの讃歌』である。採用されなかったが、アイスラーはなんと楽しそうにこの歌を歌っていることだろう。伴奏部分に東ドイツ国歌『廃墟より立ち上がり』を潜ませることも作曲家は忘れなかった。日本では竹田恵子が歌っているが、この部分が欠落しており、わさび抜きの寿司のようで残念だ。

ソングや演劇上演において、ブレヒトには完成したテクストはなく、改作・手直しを重ねてきた。演劇は時代・場所・状況に応じてアクチュアルに変容しなければならないというのが弁証法家ブレヒトの考え方だとすれば、音楽においても柔軟な対応が求められるだろう。異文化圏にあっては独自のメロディが必要なこともある。林光や萩京子のブレヒトソングは、日本におけるブレヒト受容の新たな可能性を開いてくれる。

『ブレヒト　詩とソング』は以上のような観点から編まれた。ソングとして定着したブレヒトの詩は少ないかもしれない。だがルケージーも指摘するように、音楽とともに、音楽のために書かれた詩は、言葉のみを用いて書かれた詩とは違うのではないか。ブレヒトの詩の多くが、メロディをいわば「引き馬」として用い、成立したものだからだ。私たちの研究はテクスト偏重のブレヒト研究に大きな修正を迫るものとなるだろう。

＊　＊

本書は日本学術振興会・科学研究費補助金、基盤研究（B）「ブレヒトと音楽――演劇学と音楽学の視点からの総合的研究」の研究報告書1『抒情詩への回帰――歌としてのブレヒトの詩』（二〇〇七年一二月）を一般書として改訂したものである。タイトルも『ブレヒト　詩とソング』と改めている。

本書の中心をなすのは、二〇〇六年一二月に行われたブレヒト国際シンポジウム「抒情詩への回帰――歌としてのブレヒトの詩」であり、プロジェクトメンバー四人の報告を掲載している。それに加えて編者の市川が導入部分でシンガーソングライターとしての若き詩人ブレヒトについて論じ、最後に和田ちはるの研究会での報告を載せた。

本プロジェクトは文学・演劇研究者と音楽研究者のコラボレーションにより、ブレヒトの詩、演劇におけるテクストと音楽の関係を研究するものである。本書では「まえがき」に書いたように、ブレヒトの詩と音楽の相互作用・共存を探っている。プロジェクトの重要性に鑑みて、『ブレヒトと音楽』シリーズの1として刊行することになった。

なお『ブレヒトと音楽』シリーズの第2弾として、二〇〇七年一〇月に行われたブレヒト国際シンポジウム「ベルトルト・ブレヒトにおける音楽と舞台」を中心に、『音楽劇としてのブレヒト演劇』を二〇〇九年六月に発行する予定である。このシリーズが、ブレヒト研究において欠落しがちだったブレヒトと音楽の関係を見直し、新たな研究の扉を開くものになることを願っている。

最後に出版事情の悪い折にもかかわらず、快くシリーズの出版を引き受けてくださった花伝社社長、平田勝さんと編集の柴田章さんに心よりお礼申し上げる。

二〇〇八年六月、梅雨の大阪にて

市川　明

写真、図版の出典

◇本書で用いた写真、図版は以下の文献、楽譜、CDのものを用いた。

（文献）

① Werner Hecht(Hg.): *Bertolt Brecht. Sein Leben in Bildern und Texten.* suhrkamp taschenbuch 3217. Suhrkamp Verlag Frankfurt am Main 1978.

② Jürgen Schebera: *Hanns Eisler. Eine Bildbiografie.* Henschelverlag Kunst und Gesellschaft, DDR-Berlin 1981

③ Ernst und Renate Schumacher: *Leben Brechts in Wort und Bild.* Henschelverlag Kunst und Gesellschaft, DDR-Berlin 1978.

（楽譜）

④ Bertolt Brecht: *Taschenpostille.* Aufbau-Verlag Berlin und Weimar 1985.

⑤ Fritz Hennenberg(Hg.): *Brecht-Liederbuch.* Suhrkamp taschenbuch 1216. suhrkamp Verlag Frankfurt am Main 1984.（なおHenschelverlagからも同年*Das große Brecht-Liederbuch* 3巻本として出版されている。）

(CD)

⑥ *Der Brecht und ich. Hanns Eisler in Gesprächen und Liedern.* Hg. von Peter Deeg. edel CLASSICS GmbH. 2006.

⑦ *An die Nachgeborenen. Ernst Busch. Chronik in Liedern, Kantaten und Balladen 8.* Barbarossa Musikverlag 2002.

⑧ HELP! 萩京子ソング集。ALM RECORDS. コジマ録音 1990.

◇写真・図版の出典を、「本書の掲載頁（上記出典番号：出典中の掲載頁）」のかたちで示す。
14頁（③：95） 17頁（⑤：51） 22頁（①：18） 25頁（①：38） 37頁（④：43, 50） 54頁（①：267） 58頁（①：27, 34/35） 72/73頁（⑤：42/43） 76頁（①：39） 80/81頁（①：39） 104頁（⑥） 108頁（②:51） 119頁（②:104） 126頁（②:53） 127頁（⑦） 147頁（⑧） 162頁（②：147）

友好的に版権（コピーライト）をくださったSuhrkamp出版社やCD各社にこの場を借りてお礼申し上げる。なお17頁の楽譜部分の版権はUniversal Edition、テクストはSuhrkamp、37頁は楽譜、テクストともSuhrkamp、54頁はbpk/Willi Saegerが所有するもので、許可をいただいた。あわせてお礼申し上げる。

作品索引

あ

か

人名索引

市川　明（いちかわ　あきら）
大阪大学大学院文学研究科教授。科研費プロジェクト「ブレヒトと音楽」の研究代表者。専門はドイツ文学・演劇。

Jan Knopf（ヤン・クノップ）
カールスルーエ大学文学部教授。同大学付属ベルトルト・ブレヒト研究所所長。専門はドイツ文学・哲学、歴史学。

Joachim Lucchesi（ヨアヒム・ルケージー）
カールスルーエ大学ブレヒト研究所研究員。2008年4月から2ヵ月間、早稲田大学グローバルCOE客員教授。専門は音楽学。

大田美佐子（おおた　みさこ）
神戸大学大学院発達環境学研究科准教授。専門は西洋音楽史、音楽美学。

和田ちはる（わだ　ちはる）
東京藝術大学大学院音楽研究科博士後期課程に在籍し、音楽学を専攻。

ブレヒトと音楽1　ブレヒト　詩とソング

2008年7月25日　初版第1刷発行

編者 ―― 市川　明
発行者 ― 平田　勝
発行 ―― 花伝社
発売 ―― 共栄書房
〒101-0065　東京都千代田区西神田2-7-6 川合ビル
電話　03-3263-3813
FAX　03-3239-8272
E-mail　kadensha@muf.biglobe.ne.jp
URL　http://kadensha.net
振替　00140-6-59661
装幀 ―― 渡辺美知子
印刷・製本 －中央精版印刷株式会社

ISBN978-4-7634-0525-8 C0074